LAS HORAS PERDIDAS

LORENA FRANCO

Primera edición: septiembre 2016

CAPÍTULO 1

SANDRA

Martes, 8 de octubre de 2013

La agencia está inmersa en una nueva campaña publicitaria. Una de las más importantes del año que añadirán suculentas sumas de dinero a las cuentas de la empresa. Trabajo garantizado para diez años más. Estamos trabajando muy duro en el proyecto hasta altas horas de la noche sin apenas descanso para que todo sea perfecto. Las protagonistas de la campaña son reputadas modelos que cobrarán, en un solo día, lo que a mí me costaría ganar en diez vidas. A mi lado está Josh, el director creativo mejor valorado de la agencia y de toda la ciudad de Nueva York. Soy una de sus ayudantes desde hace la friolera de diez años y, según él, su preferida, aunque creo que se lo dice a todas.

Estamos centrados en el *story* de lo que será el spot. Lo cierto es que me duelen los ojos; son ya las 21:15h de la noche y mi estómago reclama algo de comer.

Josh es un tipo atractivo, de cabello castaño, ojos claros y figura atlética, al que siempre se le ha dado muy bien mirar de reojo el escote de todas las que trabajamos para él. Y yo no voy a ser menos, algo que me inquieta pero que, por otro lado, me halaga. De no ser así, me sentiría mal conmigo misma, incluso inferior al resto o un bicho raro nada deseable. Hace unas horas (demasiadas horas), opté por ponerme una camisa blanca. Queda mucho mejor si no se abrochan todos los botones, así que siempre suelo dejarme un escote favorecedor. Esa mañana también elegí (cuando aún estaba un poco adormilada), un sujetador negro que parece ser del gusto de Josh.

—¿Descansamos un poco? —sugiere Josh mirándome, cómo no, el escote.

—No, quiero ir pronto a casa. Matthew estará esperándome para cenar —respondo cortante.

—Venga, Sandra... No disimules más. El otro día vi que me hacías ojitos. ¿A qué esperas? Estamos solos, no queda nadie en la oficina. Además eres tan guapa... —murmura, acercándose más y más... Me pellizca el culo, doy un respingo y reprimo mis ganas de darle un puñetazo.

—Buenas noches, Josh —digo entre dientes, dando por concluida mi jornada laboral y temiendo que al día siguiente me den la noticia de que estoy despedida por no acatar las órdenes de mi superior.

Me levanto precipitadamente apartándome de él; abrocho hasta el último botón de mi camisa con destreza, aliso con rapidez mi falda negra de tubo y cojo un par de carpetas que están encima de la mesa. Josh sigue mirándome. Mientras tanto, yo evito encontrarme de frente con esos penetrantes ojos azules por los que diez años atrás, cuando empecé a trabajar en la agencia y no conocía a Matthew, hubiera hecho cualquier cosa.

—¿Por qué? ¡Aprende a disfrutar la vida, Sandra! —exclama sin darse por vencido, viniendo hacia mí y cogiéndome del brazo sin ningún tipo de delicadeza.

Me acorrala. Siento su aliento sobre mi nuca y posa sus manos sobre mis senos estrujándolos con fuerza. Aprieta los labios, me mira con los ojos vidriosos, como inyectados en sangre, y me da lametazos en el cuello. Cierro los ojos. Quiero vomitar. Esto no puede estar pasando. Por un momento creo que le está sucediendo a otra persona, que no soy yo la que está viviendo esta situación. Ha llegado demasiado lejos. Le escupo. Él gira la cara y se ríe, volviendo a manosearme con sus sucias manos.

—¡Josh! —le grito, zafándome de él—. Te recuerdo que estoy casada. —Le muestro mi anillo aparentando normalidad y frialdad, pero él se echa a reír aún más—. Y tú estás con Charlotte. No estoy para jueguecitos, ¿vale? ¿Por qué haces esto ahora?

9

—Podríamos pasar un buen rato... Venga... —insiste, esta vez poniendo ojitos de cordero degollado—. Encima de la fotocopiadora, por los viejos tiempos —propone, guiñándome un ojo.

Mira hacia la fotocopiadora, situada en el largo y amplio pasillo que vemos a través de las paredes acristaladas de la sala de reuniones en la que nos encontramos desde hace horas.

—Esto es acoso laboral, Josh. Y es algo muy serio, te has pasado de la raya.

—Sé que sigues colada por mí, Sandra. —Parece haber vuelto un poco en sí, pero me da miedo. No hay nadie más en la oficina y dudo mucho que quede alguien en todo el edificio—. No puedes mentirme, a mí no.

Josh muestra una sonrisa extraña. Tuerce en exceso la boca y la expresión de sus ojos sigue dándome escalofríos. Antes de salir por la puerta lo fulmino con la mirada y corro en dirección al ascensor con un inevitable nudo en la garganta y algo de miedo, por si se le ocurre perseguirme y vuelve a acorralarme, manoseándome obscenamente. Niego con la cabeza aún sin creer lo que acaba de pasar. Maldita sea, ¡nadie me creería! El bueno de Josh, siempre correcto a pesar de sus adicciones, tal vez se ha tratado de una broma, pensarían. «¡Sandra lo has exagerado todo!», me dirían.

La parte oscura de mi ser, esa que todos tenemos y la que fue una alocada joven de *veintipocos* años hace demasiado tiempo, desea que Josh la persiga.

Que vuelva a acorralarla en el ascensor y le haga el amor salvajemente, como años atrás, cuando ella se lo consentía.

Me adentro en la tercera planta del parking a por mi coche. Es el único que queda, todo está oscuro y solitario. El pitido que salta del mando a distancia al abrir me hace dar un respingo y miro a mi alrededor. Tengo la mala costumbre de dejar volar mi imaginación por ver demasiadas películas de terror. Da un poco de miedo, en cualquier momento el «asesino del parking» puede venir a por mí. Me sitúo frente al volante y respiro hondo, no sin antes comprobar que en la parte trasera del coche no hay nadie. Ha sido un día estresante, me duelen los pies. Y la cabeza me va a estallar. La situación que acabo de vivir me ha incomodado y tampoco me extrañaría que Josh estuviera bajo los efectos de la coca. Es algo que últimamente se habla mucho en la oficina: a Josh le van los malos vicios y parece ir de mal en peor. Esta noche se le ha ido de las manos. En estos momentos siento lástima. Y sigo sintiendo asco.

Recorro con mi coche las calles nocturnas excesivamente iluminadas de la ciudad de Nueva York. Un trayecto de veinte minutos en dirección sud hasta llegar a mi apartamento situado en el Soho. Siempre me han encantado sus calles de adoquines, los acogedores cafés en los que adoro pasar mi tiempo libre en compañía de un buen libro y las boutiques de moda por las que tantas discusiones tengo a menudo con Matthew.

«¿Acaso crees que somos ricos? ¡Trescientos dólares en una maldita camisa! ¡Estás loca!», me dice. Yo me rio con cara de circunstancias, pongo ojitos de no haber roto nunca un plato, le digo que me la pondré mucho porque combina con todo y me perdona.

Hace seis años Matthew y yo nos enamoramos del espacioso y luminoso apartamento en el que vivimos en el Soho. Nos mudamos a los tres meses de casarnos tras nuestra idílica luna de miel en Bali. La mejor época de nuestra vida. Una vida de ensueño. Y no digo que ahora estemos mal, ¡en absoluto! Estamos bien. Dicen que, cuando te casas, te descuidas. Engordas y te pones más feo porque ya no tienes la necesidad de atraer a otra persona que no sea tu pareja y esta te verá siempre ideal te pongas como te pongas. Es algo que no le ha pasado a Matthew y creo que tampoco a mí; todavía me mira con el deseo del principio.

Matthew sigue conservando su cabello castaño oscuro, aunque sí es cierto que le han aparecido algunas canas que lo hacen aún más atractivo, así como unas pequeñas arruguitas alrededor de sus ojos rasgados de color verde. Sigue yendo al gimnasio cada día, es casi como una obsesión. Y no nos alimentamos mal, comemos muy sano. Nada de *pizzas* o hamburguesas, en casa solo hay fruta fresca, verduras y yogures desnatados.

Aparco mi coche y, cuando estoy a punto de entrar por la puerta de mi edificio con más ganas que nunca de ver a Matthew, me encuentro con Joana, una amiga a la que hace cinco años que no veo. Abro la boca sorprendida y la recibo con una abrazo cuando viene corriendo hacia mí con su locura y alegría características de siempre. Tiene buen aspecto, el tiempo la ha tratado bien. Sigue luciendo su espectacular melena rizada de color negro y sus expresivos ojos azules no han perdido un ápice de la jovialidad de antaño. Su sonrisa sigue siendo tan asquerosamente perfecta como siempre y no hay maquillaje que disimule las graciosas pequitas que tiene sobre su pequeña y respingona nariz. Viste de manera informal y sus pantalones rotos y desgastados están manchados de pintura, por lo que supongo que sigue siendo una artista de lienzos abstractos y que sus obras recorren junto a ella los rincones más insospechados del planeta.

—¡Sandra! —exclama, feliz por el casual encuentro. Aunque, por otro lado, noto cierto desconcierto en su mirada—. No nos vemos desde... —se detiene.

Hace memoria mirando hacia arriba y frunce el ceño. Yo lo recuerdo bien: desde la desastrosa barbacoa que hizo en la terraza de su apartamento.

13

Los vecinos se quejaron por el mal olor de la carne quemada; nos liamos a beber mojitos y se nos fue el santo al cielo. La barbacoa se nos chamuscó. «¡Hay que vigilarla!», nos gritaron. Aunque aquel momento no fue agradable porque nada salió como queríamos, terminamos pidiendo *pizza* y, a punto estuvimos de provocar un incendio, quedó como una anécdota divertida.

—Hace mucho, sí —reconozco, pensando en lo caprichoso que es el tiempo. Las horas, los minutos, los segundos... nunca se detienen. Siempre están al acecho, vigilándote y mostrándote que el tiempo es un bien preciado y, a menudo, lamentablemente escaso.

—¡Hay que celebrar este encuentro casual! ¿No me digas que llegas a estas horas de trabajar? —pregunta, mirando el reloj. Las 22:10h, lo sé bien, lo he mirado hace un momento.

—En la agencia estamos trabajando en una gran campaña —le informo.

—¡Eso es genial, Sandra! Debes estar muy entretenida. ¿Vamos a tomar una copa? —propone entusiasmada.

Lo que realmente quiero es tumbarme en el sofá, que Matthew me sirva una copa de vino y me dé un relajante masaje. Así, tal vez, podría olvidar el incómodo suceso con Josh y mi agotador día en la agencia exprimiéndome los sesos. Pero me alegra ver a Joana y después de tanto tiempo me apetece tomarme una copa con ella. Siempre tiene mil historias que contar, dos mil viajes por explicar y alguna que otra anécdota que merece la pena escuchar. Son las 22:13h. Por media hora más, seguro que a Matthew no le importará y la ocasión y el afortunado e inesperado encuentro lo merece.

A dos pasos de mi apartamento, en la calle Thompson, se encuentra el local de copas *Jimmy*. Saludamos al portero de seguridad con cara de pocos amigos y unos ojos que piden a gritos sentarse de una puñetera vez, y entramos en el interior del local. Sé que a Joana le ha pasado lo mismo que a mí. Ha recordado los viejos tiempos en los que éramos dos jóvenes que, al entrar en los bares, pubs o discotecas, todos los chicos se daban la vuelta para mirarnos. Hoy no ha pasado eso. Somos dos mujeres de treinta y seis años que pasan desapercibidas.

Nos sentamos en los únicos taburetes libres que hay en la barra y pedimos un par de *Bloody Mary*. En silencio, miramos absortas cómo el eficaz camarero prepara tras la barra nuestra bebida, mezclando abundante vodka y zumo de tomate junto a la típica salsa inglesa *Worcestershire Sauce,* que le garantiza un intenso sabor, aportándole un toque característico que a Joana y a mí siempre nos ha gustado. Ya con nuestros *Bloody Mary* en la mano, iniciamos una típica conversación entre dos amigas que hace tiempo que no se ven y que, sin embargo, parece que el tiempo no las hubiera separado.

—Cuéntame, ¿dónde vives ahora? —le pregunto.

Joana siempre ha sido una persona aventurera, libre y despreocupada sin residencia fija. La típica persona a la que no sabes dónde enviar una carta, porque su destino casi siempre es incierto. No tiene redes sociales, las odia, por lo que ubicarla es complicado.

—He vuelto a Nueva York. A lo largo del último año he vivido en Barcelona, en Milán y en Londres. Pero por tiempo indefinido vuelvo a la ciudad de los rascacielos —responde risueña, dando un sorbo a su *Bloody Mary*—. Y a ti, ¿cómo te va?

—Bien, todo como siempre. Mucho trabajo en la oficina... ¿Recuerdas a Josh?

—¡Oh, sí! ¡Josh! Increíblemente guapo —suspira—. Te acompañó hace años a una de mis exposiciones en Brooklyn, ¿verdad?

—Tienes muy buena memoria, Joana —me sorprendo.

Recuerdo ese día como si fuera ayer. Por aquel entonces, Josh ya jugueteaba con las drogas moderadamente y era incapaz de perpetrar un acoso lascivo como el de esa noche. Necesitaba contárselo a alguien, que alguien escuchara el breve, pero desagradable momento, para no guardarlo para mí. A Matthew le enfurecería y al día siguiente iría a darle una paliza a Josh, pero en Joana podía confiar.

—Pues el increíblemente guapo Josh, ha abusado de mí hace un momento en la oficina —le explico—. He pasado un mal trago, Joana... ni te lo imaginas.

16

—¿Abusado? Eso son palabras mayores, Sandra. Seguro que no ha sido para tanto y además recuerdo que hace años, antes de conocer a Matthew, estabas loca por sus huesos. Dime, ¿cuántos años llevas en la agencia? —pregunta, desviando totalmente la conversación y dejándome completamente KO al no haber tomado en serio mis palabras.

—Diez —murmuro—. Nos hacemos viejas, Joana.

—¡No! No digas eso. Treinta y seis años, estamos en la flor de la vida.

—Y libres como cuando teníamos veinte —me lamento.

—¿Lo dices por no haber tenido hijos?

Es mi asignatura pendiente. Demasiados años centrada en mi trabajo y poniendo excusas: «aún no es el momento», he dicho siempre. Pero, a este paso, nunca va a llegar el momento.

—No pasa nada, hoy en día los tienen a los cuarenta —continua diciendo, sin querer darle mucha importancia al asunto en el que últimamente yo sí he pensado en exceso—. Yo he decidido no tener hijos. Ni siquiera he encontrado al hombre perfecto.

—No existen los hombres perfectos.

—¡Eh! ¡Me has quitado la frase! —ríe.

—¡Lo sé! —Reímos aún más—. Aunque debo decir que yo he tenido suerte... Matthew roza la perfección —añado, con una sonrisa bobalicona.

Joana asiente y empieza a explicarme sus vivencias en Barcelona, ciudad que la ha dejado fascinada. Se emociona cuando habla de Las

Ramblas, el Tibidabo y La Pedrera, entre otros lugares que yo desconozco completamente.

Las 23:10h de la noche. Llevamos tres *Bloody Mary* y apenas nos mantenemos en pie. Joana me ha hablado de sus últimos amores, me ha contado más detalles de la ciudades en las que ha vivido y sobre sus últimas exposiciones. Sobre su futuro inmediato y la exposición en la Galería *FitzGerald* de la calle Wooster que tiene el jueves de la semana que viene a las siete de la tarde. Espero recordarlo y poder ir.

Nos despedimos con un cálido abrazo y una mirada de compenetración, prometiéndonos que ahora que Joana vuelve a estar en la ciudad, nos veremos más a menudo. Casi nos caemos al suelo y nos reímos del gorila de seguridad de *Jimmy,* que no hace otra cosa que negar con la cabeza y suspirar. Un paso. Otro más... y otro para llegar hasta la entrada del edificio de seis plantas y ladrillos grisáceos en el que vivo. Cuesta andar con tacones a las 23:40h de la noche y más con esta borrachera provocada por incontables *Bloody Mary* en tan solo una hora y casi treinta minutos.

Llego a la quinta planta. Las 23:50h según mi reloj. Me arrastro como puedo hasta la puerta de entrada del loft que comparto con mi marido y, al entrar, enseguida percibo algo extraño. Un olor diferente, un perfume femenino que no es el mío. Me pongo las manos a la cabeza y, de nuevo, mi mente empieza a visualizar imágenes que mis ojos aún no han visto, por ver demasiadas películas románticas en las que: «chico le es infiel a chica, chica quiere tirarse por el balcón, pero otro chico más alto, más guapo y más fuerte que el primer chico, la salva al enamorarse de ella. FIN.» Pienso también en lo raro que es que Matthew no esté repanchingado en el sofá viendo alguna película policiaca en televisión, con la que, probablemente, a esas horas se hubiera quedado dormido, y que ni siquiera esté mi plato de cena ya frío en la encimera de la cocina. Camino lentamente, intentando no hacer ruido con alguna de las tablas de madera que hay sueltas desde hace siglos y que no hay manera que Matthew arregle por más que diga que lo hará. Miro el salón, me fijo en cada detalle. Un par de libros que nunca he visto encima de la mesa acristalada de centro; las zapatillas de Matthew tiradas sobre la alfombra y la cajita de música que mi madre me regaló cuando tenía cinco años, al lado del recipiente donde dejamos las llaves. Curioso, no recordé haberlo dejado ahí. Pero estoy demasiado ebria como para recordar nada, así que no le doy importancia. El sofá de cuero marrón está intacto, no hay ninguna copa de vino de más o cualquier otro detalle que me haga sospechar. La chimenea no está encendida y las cortinas blancas transparentes, por las que se puede ver la tenue luz de los farolillos a través de los ventanales, están corridas.

La cocina está extrañamente limpia, imagino que Matthew ha llegado pronto a casa. Es diseñador gráfico *freelance* y sus horarios son bastante inestables. Un día puede llegar a las doce de la noche y otros a las tres de la tarde ya está en casa con todo el día libre. Se aburriría y le daría por limpiar. Fijo mi mirada de nuevo hacia la entrada, para ver si en el perchero hay alguna chaqueta que no sea de Matthew o mía. Nada. No hay nada. «Sandra, estás divagando. Y muy borracha... ¡A dormir!», me digo a mí misma.

El apartamento está invadido por un silencio sepulcral, pero mi mente no deja de jugar conmigo.

Miro el reloj de nuevo. Las 23:54h. Solo han pasado cuatro minutos y mi inquietud los ha convertido en una eternidad. Olfateo, como si fuera un perro buscando droga y, de nuevo, siento un perfume que desconozco y que proviene del dormitorio.

Me dirijo hasta allí. Nuestro dormitorio está situado en el interior de un pequeño y rectangular pasillo con otras dos puertas: la del baño y la del estudio. Lo veo. Completamente dormido, con su musculado torso desnudo y su cabello despeinado. Aún con los efectos del alcohol en mi cuerpo, me detengo en el umbral de la puerta a contemplarlo. Me siento como una idiota por haber pensado que al llegar a casa lo encontraría con otra. Matthew sería incapaz de hacerme algo así. Me ama con locura.

PAUL

Martes, 8 de octubre de 2013

No puedo concentrarme. El desorden en mi despacho me altera y son ya las 23:15h de la noche. Debería volver a casa, tomarme una copita de whisky y pedirle a Ana que me dé un masaje en la espalda. Me duelen los huesos, imagino que será la edad. «Acabo de cumplir treinta y ocho años, ya no son veinte, ¡chaval!», me digo a mí mismo con una sonrisita nerviosa fruto del cansancio; estrujándome la sien para que desaparezca este maldito dolor de cabeza. Las palabras impresas en el papeleo que tengo encima de mi escritorio sobre el caso del asesinato de la modelo Patricia Larson, se entremezclan entre sí, engañando a mi vista cansada. Nublándola por completo. Cojo mi arma, mi chaqueta y salgo del despacho. Suficiente por hoy.

Me despido de mis compañeros de la comisaría con un gesto seco de cabeza y voy hacia mi coche aparcado en la calle. Octubre se presenta frío en Nueva York, nada queda ya del impresionante verano en el Caribe junto a Ana.

Conduzco agotado, temiendo quedarme dormido frente al volante. Las excesivas luces de Nueva York me distraen y no puedo evitar mirar hacia las calles como si volviera a ser aquel chiquillo que empezó en el cuerpo policial patrullando la ciudad. Siempre vigilando, siempre sospechando y observando todo cuanto hay a mi alrededor. Deformación profesional, supongo. Cuatro chavales de unos veinte años se esconden para fumar porros y beber cerveza de la mala en un oscuro callejón. ¡Bah! ¿Quién no lo ha hecho alguna vez a su edad? Me detengo en un semáforo. Dos chicas de unos veinte van del brazo riendo sin parar; sus faldas son demasiado cortas y dos jóvenes algo borrachos las piropean desde la distancia. Los observo detenidamente. No parecen peligrosos. Continúo conduciendo, maldigo los continuos semáforos en rojo de la ciudad de Nueva York. Me adentro en el Soho, barrio en el que puedo vivir gracias al piso que heredé de mi abuelo; conduzco por una estrecha calle y me detengo un segundo para mirar a un repartidor algo sospechoso. ¿Quién reparte a casi las doce de la noche? El repartidor me mira, sabe que le estoy observando, pero enseguida me doy cuenta que, en realidad, se trata de un técnico informático nocturno. Entra en un local con la persiana media bajada, en su letrero anuncian que reparan ordenadores de todo tipo. Una mujer pelirroja camina torpemente con sus altos zapatos de tacón. Va muy borracha. Se detiene mareada y se sujeta contra la pared. Ríe sin parar y, finalmente, entra en un edificio de viviendas. Continúo conduciendo; apenas me faltan unos metros para llegar a mi apartamento. Deseo que Ana haya preparado una agradable cena y me haya guardado algo. Aunque el plato esté frío me dará igual, me comería una vaca. Mi estómago cruje a la vez que giro hacia la derecha para acceder a la calle Grand; sigo unos metros hacia delante y me adentro a la izquierda en Wooster, donde vivo con Ana. Entro en el garaje, aparco mi coche, subo por el ascensor hasta la tercera planta, cojo las llaves de mi bolsillo izquierdo y abro la puerta de casa. Me detengo en el pequeño vestíbulo para dejar mi chaqueta en el perchero y observo mi rostro en el espejo. Debería afeitarme y descansar. He perdido mi bronceado del Caribe, ahora estoy pálido y ojeroso. Niego con la cabeza despeinándome un poco y abro la puerta del salón. Esta noche Ana no se ha quedado dormida en el sofá viendo una comedia romántica en televisión de esas que tanto le gustan. Voy a la cocina. No hay cena preparada, así que tendré que conformarme con un sándwich.

Cuando estoy a punto de abrir el armario en el que Ana guarda el pan de molde, me sobresalto al escuchar un ruido. Proviene del dormitorio.

«Tu mente te está jugando una mala pasada, Paul. El cansancio te hace escuchar ruidos raros», me río para mis adentros.

Pero dejo de reírme casi al instante, cuando me doy cuenta que son ruidos reales. Gemidos, risas, besos. Como alma que lleva el diablo, cruzo la cocina, el salón y el largo y estrecho pasillo que conduce al dormitorio. Respiro hondo y, al situarme frente a la puerta, la abro con determinación. No querría haber visto esa escena. Jamás. Me resulta incluso más dolorosa que la que presencié meses atrás, cuando acribillaron a tiros a una familia entera en un lujoso apartamento del pudiente barrio de Upper East Side, incluyendo un bebé de apenas dos meses de vida y tres niños de tres, cinco y siete años.

Me quedo quieto en el umbral de la puerta y, como por inercia, me llevo la mano al bolsillo para coger la pistola. Mi mujer Ana encima de un hombre al que no había visto en mi vida; barbudo, musculado y con incontables tatuajes, que me mira con asombro. Ana no se aparta de él, pero al menos tiene la decencia de frenar esos movimientos enérgicos y salvajes que yo tan bien conozco y que estaba realizando cuando he abierto la puerta. Se estremece al verme y me fijo en cómo clava sus uñas sobre el lobo tatuado del pecho de su amante.

—Ana... –logro decir, apenas en un murmullo. Ni siquiera me sale la voz.

—Dios mío... Dios mío... Paul, ¿hoy no trabajabas toda la noche?

—¿Cuánto llevas haciéndolo? —quiero saber, con la seguridad de creer que esa no es la primera vez que me es infiel.

No responde. Sigue encima de ese hombre con la polla en su interior. Quiero pegarle un tiro. Quiero matarlos a los dos. La rabia me está consumiendo por dentro, pero cierro los puños y guardo el arma.

—Cuando vuelva no te quiero en esta casa. ¡Puta!

Cierro la puerta con rabia, provocando un gran estruendo. Cruzo apesadumbrado el pasillo, cojo las llaves, la chaqueta y salgo de casa. Lo único que me apetece es entrar en el primer bar que vea abierto y emborracharme hasta que salga el sol.

Apenas hay gente en la calle. De fondo se oyen voces jóvenes, llenas de vida y con ganas de comerse el mundo. Las envidio. Recuerdo a la mujer pelirroja borracha como una cuba saliendo del bar *Jimmy* de la calle Thompson y, con la seguridad de saber que está abierto, me dirijo hasta allí. El gorila me mira con cara de pocos amigos; le ignoro y entro en el interior del bar. Las luces fluorescentes de color lila me ciegan en un primer momento, pero mis ojos, que aún muestran la ira por lo que acaban de ver, se acostumbran rápido a las condiciones luminiscentes. Me acomodo en la barra y, sin saludar, le pido al camarero una copa de whisky.

—Cerramos en veinte minutos —me informa.

—Da igual. Quiero un maldito whisky —insisto.

Un primer trago. Arde. Quiero recordar cuándo fue la última vez que bebí alcohol.

—Otro whisky.

Este ha entrado suave. Lo bebo de golpe. Golpeo el vaso contra la barra.

—Otro.

La cabeza me va a estallar de un momento a otro y siento las mejillas rojas pero, por primera vez en mucho tiempo, me olvido del mundo que me rodea y de la mierda de vida que tengo.

Ana. Yo la quería. Me jode aún quererla tanto. Me mata lo que ha hecho, lo que acabo de ver. Lo he dado todo por ella. He trabajado muy duro y he hecho infinidad de horas extra para llevar un buen sueldo a casa. Noches sin dormir trabajando en comisaría para que ella tuviera unas buenas vacaciones a cualquier isla paradisiaca y todas las comodidades que creía que merecía.

La conocí hace ocho años en un bar de mala muerte en el que trabajaba de camarera. Nos enamoramos, o eso creía yo. Nos fuimos a vivir juntos a los tres meses de conocernos al piso de mi abuelo y gracias a mí dejó el trabajo y se centró en su carrera literaria. En su sueño de ser escritora. Pero en estos malditos ocho años llenos de mentiras, nunca ha llegado a publicar nada. En realidad, dudo mucho que escribiera algo. Ahora me doy cuenta. La muy puta se estaba tirando a ese tío barbudo, musculado y tatuado, mientras yo trabajaba como un esclavo para ella. O a otros. Quién sabe con cuántos se ha acostado, mientras yo pensaba que estaba trabajando en su primer *Best Seller*.

—Más —le exijo al camarero.

Me mira, resopla y va a por más whisky. Bebo. Me empieza a dar vueltas la cabeza, se me seca la boca y la lengua parece estar dormida.

—Otro.

Ya no soy capaz de vocalizar. Me pican los ojos. Quiero llorar. O, mejor aún, gritar. Quiero gritar. Coger el coche, ir hasta cualquier acantilado y deshacerme de toda la rabia que anida en mi interior. Queríamos tener un hijo. En realidad era Ana quien quería pero, por lo visto, dudo mucho que fuera conmigo.

—Más whisky.

Podríamos haber sido felices. Qué sé yo... haber tenido uno o dos hijos. Chicos, me hubiera gustado que fuesen chicos para jugar con ellos al baloncesto o al fútbol. Quizá hubieran sido más de béisbol. No sé, para hacer con ellos todo lo que hacen los padres.

—¡Aquí! Whisky, señor.

Otro trago. Lo bebo del tirón y no hace falta que siga pidiendo porque el camarero sigue sirviéndome copas de whisky sin que yo tenga la necesidad de hablar. Difícil tarea la de hablar en estas condiciones. Me doy pena a mí mismo. Asco. El camarero me mira con lástima; yo a él lo veo borroso. En estos momentos apenas podría describirlo con claridad, solo veo el color ceniza de su escaso cabello, sus ojeras y su tez paliducha. No debe tener más de veinte años.

Vuelvo a pensar en Ana, pero controlo las lágrimas. Mantengo a raya el dolor. Ella quería tener una niña, tenía pensado el nombre que iba a ponerle: Chloe. Se hubiera llamado Chloe y sería tan preciosa como Ana. Me la imagino con su mismo cabello dorado y ondulado con el que, probablemente, me hubiera peleado cada mañana para conseguir hacerle una trenza en condiciones. Visualizo los ojos grandes y vivaces de color verde de Ana; su mirada cariñosa en nuestros mejores momentos y esa capacidad que siempre ha tenido de enternecerme con ellos. ¡Mentira! Todo una puta mentira.

Me arde la garganta, se me seca la boca; sigo bebiendo whisky. Sufro alucinaciones al sentir los labios carnosos de Ana sobre los míos. Su lengua jugueteando traviesa con la mía y su aliento siempre dulce con un intenso sabor a chocolate.

Su sonrisa, capaz de alegrarte las mañanas más duras, las noches amargas o los días en los que la vida ha decidido ser cruel contigo y darte la espalda. Esa sonrisa me contagiaba las ganas de vivir cuando estaba a punto de perderlas al tener que presenciar violentas muertes y casos tremendamente duros en mi profesión. Cuando he estado a punto de mandarlo todo a la mierda. Ella masajeaba mi espalda, acariciaba mis mejillas y me decía que todo iría bien. Y, mientras tanto, follaba con otros a mis espaldas.

—¡He dicho que más! —le grito al camarero.

El gorila de la entrada viene a por mí y me saca casi a patadas del local. Le enseño la placa policial, pero ni por esas consigo que me trate bien. Se ríe y, con un gesto despectivo, consigue que me aleje y camine dando tumbos por el Soho. La 1:05h de la madrugada. Hace frío. Quiero dormir.

Me despierto con el insistente sonido del teléfono vibrando en el bolsillo de mi pantalón. Miro a mi alrededor. Anoche me quedé dormido en una mugrienta esquina de un callejón que apesta a carne podrida y a gato muerto. Ni siquiera sé cómo vine hasta aquí. El cielo está nublado, parece que va a llover de un momento a otro y, sin mirar el reloj, calculo que aún no deben ser las siete de la mañana.

—Inspector Tischmann —respondo, aún con la voz ronca y adormilada; la lengua dormida y la boca pastosa. El teléfono móvil parece pesar cien kilos.

—Inspector, ha habido un asesinato en la agencia publicitaria DIC. En el veinticinco de la treinta y tres —informa mi subordinado Stuart Landman, al otro lado de la línea telefónica. Un tipo de treinta años repleto de inseguridades, bajito y regordete, al que le tocó la lotería cuando entró en el cuerpo policial.

—Mierda —logro decir, tras unos segundos de silencio—. Estoy allí en media hora.

Cuelgo el teléfono y, al mirar la pantalla, veo que tengo diez llamadas perdidas de Ana. Las ignoro y, cuando logro ubicarme, me dirijo hasta mi apartamento a tan solo un par de minutos de donde me encuentro, con la esperanza de que Ana ya no esté. Necesito una ducha y cambiarme de ropa. Apesto a whisky y a sudor.

Entro sigilosamente por la puerta como si estuviera usurpando el espacio de otra persona. Un silencio sepulcral inunda cada estancia de la casa, lo que me hace pensar que Ana me hizo caso y se fue en cuanto la pillé siéndome infiel. Voy hasta la cocina y encuentro una nota de Ana encima de la encimera. Percibo que la escribió con las manos temblorosas; su letra no es redonda y perfecta como de costumbre.

«Tenemos que hablar, Paul. Ha sido un error, ¿Podemos comportarnos como personas civilizadas, por favor? Cuando vuelvas ya no estaré aquí. Llámame, podemos arreglar lo nuestro. Aún podemos. Te quiero.»

Rompo la nota en mil pedazos con toda la rabia que aún tengo acumulada en mi fuero interno, me doy una ducha revitalizante de agua fría, me cambio de ropa y bebo un café frío que aún hay en la encimera de la cocina del día anterior.

«Esto ya es otra cosa», me digo a mí mismo, mirándome en el espejo antes de salir de casa. Quiero sonreír. No puedo. Ana me ha destrozado.

CAPÍTULO 2

PAUL

Miércoles, 9 de octubre de 2013

Llego a las instalaciones de la agencia de publicidad DIC a las 7:40h. Hay un gran revuelo alrededor de un cadáver que aún no logro ver desde el pasillo de suelo de mármol impoluto en el que me encuentro. El protagonista del día está en una sala de reuniones acristalada. Ya han acordonado la zona; diversos oficiales de policía y forenses están trabajando con gran concentración. Hasta el más insignificante detalle no puede pasar desapercibido y la tensión flota en el aire, puesto que necesitan terminar rápido para cuando lleguen los empleados. El cadáver debería retirarse cuanto antes, aunque se siga trabajando en la escena del crimen.

—Inspector, afortunadamente no ha llegado casi nadie. La que se podría liar —saluda Stuart, ajustándose las gafas y acelerando el paso para caminar junto a mí—. Josh Parker —informa—, lo degollaron anoche. Lo ha descubierto la señora de la limpieza esta mañana a eso de las 6:30h. Pobre mujer, ha tenido que ser atendida por un psicólogo. ¿Un café, Tischmann? Tienes mala cara.

—Gracias, Stuart.

Stuart desaparece de mi vista al mismo tiempo que yo me acerco a la escena del crimen. Atravieso la zona acordonada y observo todo cuanto hay a mi alrededor, olvidándome de todo el cansancio acumulado para no obviar ninguna prueba o pista que nos ayude en la investigación policial.

Mis ojos están demasiado acostumbrados a este tipo de escenas como para que les afecte lo más mínimo: ver a un tío joven elegantemente vestido con un traje chaqueta bajo un cuerpo escultural, repleto de sangre debido a un profundo y preciso corte en el cuello. El asesino tuvo agallas y además debe tratarse de todo un profesional. Rompió en pedazos la pared acristalada de la sala de reuniones y, con un afilado trozo de cristal, lo degolló con habilidad y, por lo visto, sin piedad. Como si no fuera su primera vez. En los ojos claros del hombre aún puede verse reflejado el miedo y el aturdimiento que provoca saber que vas a morir inminentemente. Su boca torcida indica que sufrió. No murió en el acto, aún agonizó lo suficiente como para tener tiempo de arrepentirse de los pecados cometidos.

—Parece un ajuste de cuentas. Drogas —informa Laura, de la policía científica. Gracias a ella venir a trabajar siempre resulta agradable para la vista, aunque el asunto sea feo. Alta y delgada, en el trabajo siempre lleva la melena negra recogida en un moño, pero cuando hemos salido alguna vez al karaoke o a tomar unas cervezas, se la suelta y el resultado es espectacular, unido a unos ojos verdes que en esos momentos me duelen demasiado. Me recuerdan a los de Ana.

—No tiene pinta de ser un drogadicto —respondo, echándole un primer vistazo al cadáver. A simple vista, el tal Josh parecía llevar una vida sana, libre de excesos o malos vicios.

—Esperaremos a interrogar al resto de empleados, necesitamos saber quién fue la última persona que lo vio con vida. Pero hemos encontrado restos de coca en los orificios de su nariz —prosigue Laura, de manera profesional.

—Mal asunto.

—Todavía es pronto para determinar nada, esperaremos al examen toxicológico a ver qué nos dice. Lo que sí está claro es que el asesino puso todo su empeño en acabar con su vida —finaliza, mirándome fijamente y negando con la cabeza.

—Y nuestro trabajo es encontrar quién lo hizo y por qué. Buen trabajo, Laura.

Me coloco con rapidez los guantes, cojo una lupa y me agacho a observar cada baldosa del suelo ensangrentado. «Dios mío, menuda masacre», pienso. Tengo la esperanza que el vidrio roto de la pared tenga restos de sangre del asesino, algo improbable si se trata de un profesional, tal y como muestra la herida del cadáver. La científica ya ha sacado muestras y parece ser que no hay mezclas de sangre y que el único ADN que han encontrado es el de la víctima. Mientras la científica sigue haciendo fotografías de la escena del crimen, yo sigo investigando con la mirada puesta en el suelo y me fijo, especialmente, en una esquina que la señora de la limpieza había descuidado en otras ocasiones. Hay una amplia colección de cabellos. Sé que no es una pista para el caso, puesto que se trata de una zona concurrida por sus empleados, pero en uno de esos cabellos puede estar la clave. El asesino. Los recojo cuidadosamente y los introduzco en una de las bolsitas transparentes que siempre llevo conmigo. Tal vez, en alguno de ellos, encontremos sucesos delictivos del pasado que nos condujeran al homicidio presente. Nunca se sabe lo que puede dar de sí un solo pelo. Ha podido ser un ajuste de cuentas, drogas, envidias, competencia... quién sabe. En una agencia de publicidad del calibre de DIC, puede pasar de todo.

De pronto, los chillidos de una mujer resuenan en todas y cada una de las estancias de la agencia. Al levantar la vista veo a una mujer de casi metro ochenta excesivamente delgada. Viste un ajustado vestido negro mal conjuntado con unas deportivas blancas. Su cabello rubio está recogido en un moño mal hecho y de sus ojos azules se puede percibir locura, miedo, confusión y agotamiento.

—¡Josh! ¡Josh! ¡Josh! —grita fuera de sí, con los ojos empañados en lágrimas, corriendo hacia la zona acordonada. Un hombre mayor con una espesa barba blanca al que cualquier niño se hubiera acercado pensando que es Santa Claus, la sujeta impidiendo que se acerque al cadáver que, en pocos minutos, será dirigido al Anatómico Forense cuando el juez de guarda así lo dictamine.

Me levanto y voy hacia ella.

—Señorita, soy Paul Tischmann, el inspector que lleva el caso. Antes de nada, permítame que le diga que siento mucho lo que ha sucedido.

—¿Lo siento mucho? ¡Encuentren al maldito asesino, joder! ¡Encuéntrenlo ya!

El hombre mayor se lleva a la que parece ser la mujer de la víctima a una sala contigua. Sigue gritando, pero apenas se le entiende nada.

Mientras tanto, Stuart se acerca a mí con una sonrisa y un café.

—Gracias por el café, Stuart. Pero borra la maldita sonrisa de tu cara —le digo seriamente.

—A sus órdenes, jefe. Laura ya te habrá puesto al día. Un drogata de lujo, han encontrado coca en la nariz.

35

—Hay que esperar a los exámenes toxicológicos, Stuart. ¿Cuántas veces te tengo dicho que no te adelantes a los acontecimientos? —pregunto exasperado, dándole un sorbo al café—. Es probable que le colocaran la coca en los orificios nasales para despistarnos y buscásemos indicios en la drogadicción. Nada más.

Stuart asiente sin atreverse a llevarme la contraria. No puede decirse que los tenga bien puestos. Cuando yo era el ayudante del ya jubilado y estricto John Peck, me gustaba llevarle la contraria en todo cuando pensaba que era yo quien tenía la razón. El pobre John tuvo paciencia conmigo, en el fondo fue como un padre para mí y todo lo que sé de la profesión es gracias a él. Tenemos poco contacto desde que se mudó a Malibú. Quiero imaginarlo en su despacho con vistas al mar escribiendo novelas policiacas tal y como siempre había soñado; cuidando del jardín o bebiendo limonada en el porche junto a su esposa Melinda, la mujer más encantadora y bondadosa que he conocido jamás. Un tipo con suerte, John Peck.

Observo detenidamente a la mujer que llora por el muerto. Es lógico, pero hay algo en ella que me inquieta. Mira a su alrededor, pero no ve absolutamente nada. Niega con la cabeza de forma violenta, parece que su frágil cuello va a desnucarse en cualquier momento. Cuando esté más tranquila iré a hablar con ella. Veo cómo el hombre mayor que hay a su lado le ofrece una pastilla y ella se la traga sin rechistar. Vuelvo a recorrer cada uno de los pasos que ha hecho previamente la policía científica y, aunque confío que ha hecho bien su trabajo, no quiero que nada se me pase por alto. Absolutamente nada.

Cinco minutos más tarde, se llevan el cadáver de Josh Parker tras haberle hecho las pruebas pertinentes en el lugar en el que horas antes lo asesinaron.

Los empleados van llegando y, con los ojos muy abiertos, todos se llevan escandalizados las manos a la boca. La pregunta del día es: «¿Qué ha pasado?» Nadie sabe nada, pero intuyo que el asesino está entre ellos. O quizá no. Tengo la mala costumbre de equivocarme. También pensaba que Ana me quería y me era fiel y resulta que se estaba follando a un tío a mis espaldas. Debo dejar de pensar en Ana, no puedo permitir que me afecte lo más mínimo en mi trabajo. El tal Josh quizá era un hijo de puta, pero nadie, absolutamente nadie, puede creerse con el derecho de terminar con la vida de otra persona.

SANDRA

Miércoles, 9 de octubre de 2013

Una suave caricia me despierta, pero al abrir los ojos, Matthew ya no está en la cama. Nunca sé exactamente qué horarios tiene, así que imagino que habrá ido temprano a trabajar. Me incorporo un poco; las sábanas están arrugadas y a los pies de la cama, lo que me indica que he tenido una noche movidita en la que no he parado de moverme y cambiar de postura.

Me duele la cabeza, consecuencias de la borrachera de anoche. Miro el reloj: las 7:30h de la mañana. Mientras voy hacia la cocina a por una taza de café, rememoro el sueño que he tenido. No es difícil de olvidar, puesto que es un sueño recurrente:

«Estoy de espaldas con un vestido de estilo *vintage* de color azul oscuro que tengo abandonado en mi armario. A la derecha llevo una pesada maleta y con la mano izquierda sujeto un paraguas en el que destaca el blanco y el color salmón, curiosamente, dos de los colores que más odio. A mi alrededor todo es árido, un monte seco y perdido en la nada. Camino sin detenerme, hay un reloj difuminado y nunca consigo ver mi propia cara. Hace viento, siento cómo mi melena pelirroja entorpece la visión que tengo y solo percibo un cielo nublado del que van saliendo enormes burbujas que van desapareciendo a medida que avanzo.»

8:00 horas.

Salgo del apartamento con una sonrisa radiante en la cara. No tengo motivos para ser tan feliz, pero algo me dice que va a ser un gran día, aunque al cielo de Nueva York se le haya antojado amanecer nublado. Solo hay una cosa que puede cambiar mi humor: encontrarme con Josh.

«¿Cómo le voy a mirar después de lo que ocurrió anoche? ¿Qué le voy a decir? ¿Qué me va a decir él a mí?» Un sinfín de pensamientos sobre el tema me mantienen entretenida en los mil atascos que me voy encontrando por las bulliciosas calles neoyorquinas. No quiero pensar en la posibilidad de que puedan despedirme por el simple hecho de no haber accedido al abuso de poder de Josh. Si así fuera, me defendería. Hablaría. Lo tengo muy claro. «¡No, no, no! Pensamientos negativos fuera, Sandra. Va a ser un gran día. Va a ser un gran día», me repito a mí misma una y otra vez.

Vuelvo a sonreír, pero mi sonrisa dura apenas dos segundos cuando escucho, a través de un desenfadado programa matutino radiofónico, cómo el joven locutor está informando de un asesinato ocurrido anoche en la agencia de publicidad en la que trabajo: DIC. En la agencia a la que me dirijo.

«La policía ha acudido esta mañana a las 6:40h tras el aviso de la señora de la limpieza a la prestigiosa agencia de publicidad DIC a la que, por cierto, mandé mi currículum hace dos años y aún espero respuesta. En la radio pagan muy mal...

¡A lo que iba! El asesinato ocurrió ayer por la noche. En cuanto tengamos más información os seguiremos contando.

¡Arriba esos ánimos que sabemos que los miércoles son muy puñeteros, pero en nada tenemos aquí el fin de semana! ¡Un poco de música para la cuidad de los rascacielos, la ciudad que nunca duerme! ¡Buenos días!»

Apago la radio.

Estoy detenida en un semáforo en rojo y se me pone el vello de punta. Inmediatamente, en mi cabeza, aparece un nombre: Josh. ¿Quién si no? Él fue el que se quedó solo en la oficina, no había nadie más.

Una parte de mí hubiera dado media vuelta para regresar a casa y no enfrentarme con la dura realidad. Un asesinato. ¡En mi lugar de trabajo! Por otro lado, quiero aparcar mi coche en el parking y subir cuanto antes para descubrir si estoy en lo cierto. Si es Josh quien ya no pertenece a este mundo. Desvarío por momentos sobre la muerte. Siempre he creído que, cuando morimos, existe algo más; que en el interior de nuestro cuerpo habita un alma que vuela libre cuando llega el final. Creo en la existencia de otros planos, creo en el lugar donde habitan las almas que desaparecen físicamente del «mundo de los vivos».

Entro en el parking. Aparco mi coche y me quedo durante unos segundos mirando a la nada, con las manos agarrando fuerte el volante. Un escalofrío recorre todo mi cuerpo y empiezo a sufrir alucinaciones. «¿Josh? ¿Josh, eres tú?». Aparca un coche a mi lado, es Lisa, que sale precipitadamente dándome un golpecito en el cristal de la ventanilla.

—¡Sandra! ¡Sandra, sal! ¡Menudo revuelo! Subamos a la oficina a ver qué ha pasado —me dice, como si se tratara de un espectáculo que no nos involucra lo más mínimo.

La miro expectante, niego con la cabeza e intento sacar de mi interior esa sensación de confusión que llega cuando, en cierta forma, te enfrentas a lo desconocido. O al menos eso es lo que crees.

—Algo he oído, Lisa. Subamos a ver qué ha pasado —respondo con normalidad, saliendo del coche y dirigiéndome junto a Lisa hasta el ascensor que nos conducirá a la oficina.

CAPÍTULO 3

SANDRA

Lunes, 8 de septiembre de 2003

Estaba como un flan. Era mi primer día de trabajo en la importante agencia publicitaria DIC después de incontables entrevistas personales y pruebas de aptitud que superé con nota para acceder al puesto que deseaba. DIC son las siglas en inglés de «Sueña en color», y eso ya dice mucho del tipo de agencia publicitaria que es. Una agencia en la que no permitirían que me durmiera en los laureles como hacía cuando era redactora de una revista para adolescentes. En DIC tendría que dar, cada día, lo mejor de mí misma. Quería avanzar, superarme y hacer grandes cosas. Iba a ser la ayudante de uno de los directores creativos más prestigiosos de Nueva York: Josh Parker. Me parecía alucinante, como si algo tan bueno no pudiera sucederme a mí. Josh había creado alguna de las campañas publicitarias más impactantes y conocidas del mundo y yo ¡era una de sus ayudantes!

Elegí un traje chaqueta oscuro y una camisa blanca con los primeros botones sin abrochar. Me enfundé en unos incómodos pero preciosos zapatos de tacón y cogí el coche. Seguía estando como un flan, pero podía más el entusiasmo y la vitalidad típica de una joven de veintiséis años que quiere comerse el mundo.

Aparqué en la plaza asignada para mí. ¡Tenía plaza de parking! Otro sueño hecho realidad. Justo cuando salía del coche, aparcó a mi lado una mujer. Calculé que tenía más o menos mi edad; su rostro era agradable y había elegido, al igual que yo, un traje chaqueta para su jornada laboral.

Caminé lentamente en dirección al ascensor que llevaba a la entrada principal de la agencia y la mujer que había aparcado a mi lado, avanzó hacia mí con dificultad por sus altos zapatos de tacón.

—Estos tacones me van a matar. Soy Lisa Veltman. Hoy es mi primer día.

Achinó sus ojos castaños de manera divertida y sonrió tímidamente, mostrando unos dientes blancos perfectamente alineados.

—Sandra Levy —me presenté—. Encantada, Lisa. También es mi primer día.

—¿De verdad? ¿No serás una de las ayudantes de Josh Parker? —Asentí—. ¡Genial! ¡Me daba pánico entrar sola!

—A mí también —reconocí riendo.

Conocía perfectamente el lugar gracias a las cinco ocasiones en las que había estado por las minuciosas entrevistas personales para el puesto. Preguntamos en recepción y nos hicieron pasar a una sala completamente blanca con unos sillones de piel del mismo color.

—En la última entrevista me hicieron esperar cuarenta minutos aquí —comentó Lisa—. Seguro que tienen cámaras que espían nuestro comportamiento —añadió en voz baja.

—No lo había pensado, pero a mí me hicieron lo mismo —respondí, encogiéndome de hombros y mirando hacia arriba, para ver si descubría alguna minúscula cámara de seguridad en la que no había reparado.

Cinco minutos más tarde, apareció por la puerta un hombre alto de presencia imponente con los ojos más bonitos que había visto jamás.

—Buenos días. Soy Josh Parker, imagino que seréis Sandra Levy y Lisa Veltman —saludó, mirando un folio arrugado. Ambas asentimos algo cohibidas—. Podéis venir conmigo.

Entramos en una sala de reuniones en la que había dos mujeres jóvenes que parecían llevar tiempo trabajando con Josh por cómo lo miraban. Confiadas y peripuestas, nos miraron como si fuéramos competencia. Ambas eran rubias al igual

44

que Lisa, y más que las ayudantes de un director creativo, parecían modelos sacadas de una pasarela de *Victoria Secret*.

—Os presento a Charlotte Heston y a Nicole Witte. Son mis ayudantes desde hace más de dos años y a ellas os vais a unir vosotras. Vamos a hacer grandes cosas, Sandra y Lisa —prometió Josh con entusiasmo, dejando atrás su seriedad inicial. Se mordió el labio y me miró. El corazón se me aceleró, fue la primera vez en mi vida en la que experimenté un verdadero cosquilleo en el estómago. Cientos de mariposas revoloteando por él e indicándome que ese hombre sería importante en la historia de mi vida.

SANDRA

Miércoles, 9 de octubre de 2013

Lisa y yo entramos en la oficina. La miro y es como si hubiéramos retrocedido diez años en el tiempo. Estamos igual de nerviosas que el día en el que empezamos a trabajar en DIC.

Son las 8:30h.

El ambiente es tenso, los trabajadores, nerviosos, vienen y van de un lado a otro con la mirada fija en la zona acordonada. Lisa y yo los imitamos y echamos un vistazo en la misma dirección. No puedo evitar llevarme las manos a la cabeza cuando descubro que el asesinato se ha producido en el último lugar en el que estuve con Josh anoche. En la sala de reuniones. Veo a cinco policías trabajando en la sala, la pared de vidrio rota y sangre por todas partes. En la sala contigua veo a Charlotte, la mujer de Josh. Hace diez años era una de sus ayudantes y mi compañera de fatigas. Me entristece verla llorar y gritar enloquecida junto a un hombre mayor que parece ser su padre.

—Qué fuerte —murmura Nicole, acercándose a nosotras y mirando con pesar a Charlotte—. Han matado a Josh.

No reacciono. No puedo reaccionar. Anoche estaba vivo, estaba conmigo e intentó, de malas maneras, abusar de mí. «¿Y si alguien lo había visto? ¿Y si alguien había querido vengarse al pensar que era un depredador sexual? Madre mía. ¿Y si es culpa mía?»

—¿Cómo ha pasado? —pregunta Lisa, a la que parece no haberle afectado tanto la noticia como a Nicole o a mí, que me veo incapaz de articular palabra.

—Por lo visto le han rajado el cuello. Es terrible, es terrible —repite Nicole llorando. Me mira de reojo y niega con la cabeza, posa su mano en mi hombro y me sonríe—. Eras su preferida, ¿lo sabías?

No demasiado convencida, asiento, con ganas de dirigirme a mi cubículo y aparentar normalidad. Como si no hubiera pasado nada. Como si Josh siguiera vivo. Lo cierto es que estoy temblando y un agobiante nudo en la garganta me acosa porque me siento culpable. Culpable por haberme ido y dejar a Josh solo. Si me hubiese quedado aún seguiría con vida. O tal vez no. Tal vez yo también estaría muerta.

Una mano fría me detiene y, al girarme, veo a un hombre alto y fuerte de cabello oscuro y soberbios ojos castaños con forma almendrada. Parece cansado y agobiado, las ojeras y su tez pálida lo delatan, pero, aun así, me sonríe amablemente.

—¿Sandra Levy? —pregunta. Su voz es grave, pero tiene algo de melancolía en su tono que me gusta y me atrae inevitablemente.

—Sí, soy yo.

—Soy el inspector Paul Tischmann. Estamos interrogando a todos los empleados de la empresa, no es nada personal. Fue usted la última persona que vio a Josh Parker con vida, ¿verdad? —pregunta pausadamente, dejando un espacio exagerado de una palabra a otra, como cuando quieres hacerte entender en otro idioma que no es el tuyo.

Su pregunta resuena en mi cabeza. Me quedo inmóvil, no sé qué decir ni cómo reaccionar. No es tan difícil. «Sí, fui yo la última persona que lo vio con vida.» ¡Con vida! Maldita sea, ¿qué fue lo que pasó después?

—¿Señorita Levy?

Ni siquiera puedo decirle que no soy «Señorita», sino «Señora» y me siento culpable al pensar que en cierta forma me halaga. Me ve joven y veo en su mirada que le he atraído tanto como él a mí. Me mira con curiosidad y no ha dejado de sonreír a pesar de las circunstancias.

—Perdón —logro decir, con una sonrisa forzada—. Ha sido demasiado impactante, llegar y encontrar todo esto... Sí, fui yo la última persona que lo vio con vida. Bueno, la última no, claro, yo...

—Han dictaminado que la hora de la muerte se produjo entre las 22h y las 23h. ¿A qué hora se fue de la agencia? ¿Lo recuerda?

—A las 21:30h.

—Yo no suelo recordar las horas con tanta precisión —dice, escribiendo algo en una libreta con el ceño fruncido.

—Tengo una obsesión con las horas, como si fuera a perderlas o algo por el estilo.

—¿Vio algo extraño en el señor Parker? ¿Se lo contaba? ¿Me creería? ¿Me metería en problemas?

—Verá... —Miro al suelo sintiendo la mirada fija del inspector sobre mi cabeza—. ¿Podemos ir a un lugar más tranquilo, señor Tischmann?

Asiente y, con un gesto, me indica que me sitúe delante para dirigirlo hasta ese otro lugar más tranquilo. Pasamos por delante del despacho de la directora de la agencia, Samantha Hemsley. Me mira de reojo y me dirige una triste sonrisa forzada. Malos momentos para Samantha, sé que apreciaba a Josh.

Entramos en una pequeña sala de reuniones vacía. Enciendo la luz, cierro la puerta y miro fijamente al inspector. Espera a que le diga algo, pero no sé si haré bien en contarle lo que sucedió anoche. ¿Valdría la pena? ¿Serviría de algo para la investigación del caso?

—¿Qué es lo que quiere contarme? —pregunta con curiosidad.

—Verá, es que anoche... Anoche Josh intentó abusar sexualmente de mí.

—¿Sabe si iba drogado? —pregunta, como si no le sorprendiera en absoluto lo que le acabo de confesar.

—Parecía algo alterado, sí —respondo pensativa. «Algo alterado», he dicho. Lo cierto es que estaba muy alterado. Me dio miedo, pero eludo esa información—. Hace un tiempo tuvimos algo. Bueno, en realidad fueron un par de citas y un lío de una noche, ya sabe. Poco después empezó a salir con Charlotte, otra de sus ayudantes y lo nuestro terminó ahí. «¿Por qué le he contado eso?», me pregunto al terminar de hablar.

—¿Le tenía rencor? Por haber elegido a Charlotte, me refiero.

—No, no, no... En absoluto, inspector. Nada de rencores. Nos llevábamos bien, una relación totalmente profesional. Aquello fue un simple coqueteo —digo, restándole importancia—. Pero anoche, tal y como le he dicho, intentó abusar de mí.

—No sabe cuánto lo siento —se lamenta, anotando de nuevo algo que desconozco.

—No sé si he podido ayudar en algo con esto... como puede imaginar, salí corriendo. Llegué a casa a las 22:10h, aunque me encontré con una amiga y nos fuimos a tomar unas copas. Algo que no debería haber hecho porque hoy tengo un tremendo dolor de cabeza. —Quiero reír, pero no puedo—. Y a las 23:55 ya estaba en mi cama.

—Usted y las horas —ríe, negando con la cabeza—. Muy bien. Le agradezco la información, señorita Levy.

—Inspector Tischmann...

—Llámeme Paul.

—Paul. Me gustaría ayudarte en la investigación —le digo sinceramente, atreviéndome a tutearle sin pedir permiso—. Me siento culpable. Si no me hubiera ido, Josh estaría vivo, si no...

—Sandra —me interrumpe suavemente—, no eres culpable de nada. Mantente localizable, no voy a pedirte nada más. Solucionaremos el caso, siempre lo hacemos. Gracias por tu disponibilidad.

Sale por la puerta. Lo quiero retener. No sé por qué, pero lo quiero retener. Su mirada, su sonrisa, sus gestos... algo en él me ha llamado poderosamente la atención y quiero descubrir qué es.

PAUL

Miércoles, 9 de octubre de 2013

Pobre chica. Josh Parker era un capullo de mucho cuidado. No es la primera víctima de este estilo con la que me encuentro. Tipos atractivos y exitosos que se creen con el derecho de poseerlo todo aunque no les sea concedido. Este tipo de hombres no suelen acabar bien, Parker es un ejemplo más.

Salgo de la sala de reuniones en la que he estado hablando con Sandra Levy. Antes de alejarme, la observo desde el pasillo. Cabizbaja, con su melena lacia de color pelirrojo cubriendo su preciosa cara, puedo intuir lágrimas en sus llamativos ojos verdes. Niega con la cabeza, se alborota un poco el cabello y alisa su falda de tubo negra. Elegante, femenina y majestuosa. Me parece una Diosa.

Sandra levanta la vista y me pilla mirándola como un bobo. Le sonrío obviando todo lo que está pasando por mi mente en estos momentos y, armándome de valor, voy hasta donde se encuentra Charlotte, la mujer del fallecido. Parece que la pastillita que se ha tomado la ha tranquilizado un poco, pero sus ojos siguen gritando a los cuatro vientos que, tras ellos, se esconde la locura y el desconcierto por el asesinato de su marido.

—Señora Parker —saludo. Ella me mira y niega con la cabeza apesadumbrada.

—No quiere hablar —me informa el hombre de barba blanca que ha estado a su lado desde que han llegado.

—Lo entiendo, señor...

Quiero saber quién es.

—Heston. Soy su padre, el suegro del señor Parker.

—Señor Heston, necesito hablar con su hija.

—Usted dirá —dice ella resignada. Su voz es aterciopelada y enigmática. Sus ojos azules me miran con tristeza y sus delicadas manos manosean su pequeño y huesudo rostro con nerviosismo.

—¿Sabe si su marido estaba metido en problemas?

Decido ir directo al grano aun sabiendo que se trata de una pregunta delicada y que puedo perder para siempre la simpatía y colaboración de su mujer.

—Por supuesto que no. ¿Sabe acaso quién era mi marido? El mejor creativo publicitario de Nueva York. ¡El mejor! Si quiere le invito a que venga a nuestro apartamento y compruebe, por usted mismo, la cantidad de premios que ha ganado —responde alterada y molesta, con una falta de humildad que ya me esperaba.

—No hace falta, señora Parker. Se lo pregunto porque hemos encontrado coca en los orificios de su nariz.

Quiero ponerla a prueba. Quiero que hable. Empalidece y fija su mirada hacia la nada.

—A veces abusaba de la droga, sí. Solo a veces —reconoce—. Pero no tenía problemas con ningún narcotraficante o algo por el estilo si es a eso a lo que quiere referirse. Deje la droga a un lado y haga el favor de descubrir quién mató a mi marido. —No es una sugerencia, es una amenaza.

Charlotte se levanta mirándome fijamente y empieza a temblar. Su padre, con el semblante serio y preocupado, la sostiene y, en pocos segundos, Charlotte empieza a sufrir unos espasmos incontrolables que la hacen caer desplomada al suelo. Voy corriendo hacia ella y le tomo el pulso con dificultad, mientras los espasmos no cesan. Charlotte está inconsciente y, si no fuera por el tembleque de su cuerpo y porque su corazón late a mil por hora, pensaría que está muerta.

—¡Llamen a una ambulancia de inmediato! —grito.

—Otra vez no, Charlotte... Otra vez no... —murmura su padre con desesperación.

Llevo dos horas interrogando a la mayoría de empleados de la agencia y no saco ninguna puta conclusión. Ni un solo sospechoso, nadie que, a simple vista, quisiera usurpar el importante cargo de Parker. Policías forenses siguen trabajando en el lugar de los hechos, mientras la directora me suplica que terminemos rápido con el asunto para volver a la normalidad. Sus empleados están muy alterados y trabajan medio de una importante campaña publicitaria en la que, por otro lado, no saben qué harán sin la presencia del brillante creativo. Anoto mentalmente la probabilidad de que se lo haya cargado alguien de la competencia. Le pido a Stuart que investigue qué otras agencias podrían haber trabajado en la susodicha campaña publicitaria.

—Solucionen esto fuera de la agencia, se lo suplico.

La directora es una mujer corpulenta de unos cuarenta y muchos años. Su mirada azul es fría como el hielo, su nariz demasiado pequeña en comparación con sus regordetas mejillas y sus labios finos. Nunca me han gustado los labios finos.

—Hacemos lo que podemos, señora Hemsley. No podemos obviar ningún detalle de la escena del crimen y hasta que no terminemos no nos iremos de aquí —le respondo de buenas maneras, a pesar de mi agotamiento y mal humor. Cada vez que pienso en Ana y, en lo que me ha hecho, tengo ganas de ser cruel con todo aquel que se me ponga por delante.

Samantha Hemsley suspira, pone los ojos en blanco y se encierra en su despacho. Una mujer con los nervios de acero. Aun así, he estado observándola durante todo el día y sé que no ha podido centrarse en su trabajo. Ha estado mirando la fotografía que tiene enmarcada encima de la mesa de su despacho. En la fotografía aparece ella con un aspecto mucho más joven y atractivo, acompañada de una niña pequeña de unos cinco años. Ambas sonrientes, felices y despreocupadas, con un fondo marítimo ideal y poco original.

Después de dos horas de ausencia, al fin veo a Stuart. Viene empapado; he estado tan centrado que ni siquiera me he dado cuenta que ha empezado a llover. Espero que Stuart tenga buenas noticias o haya descubierto algo que a mí se me ha pasado por alto.

—Vaya con la mujercita del muerto —murmura.

—Un respeto, Stuart. ¿Cómo está?

—En coma. Una sobredosis de cocaína y crack.

—¿Y del señor Parker se sabe algo más? ¿Has buscado qué agencias podrían haber trabajado en la campaña?

—Ninguna, jefe. Esa campaña era, desde el principio, única y exclusivamente para DIC por Parker. Y, sobre el muerto, curiosamente no han encontrado restos de ninguna droga, amigo. Causa de la muerte: corte longitudinal en el cuello. El asesino es todo un profesional, el corte fue preciso. Frunzo el ceño y niego con la cabeza. Hubiera puesto la mano en el fuego a que la víctima iba drogada. Miré hacia el cubículo en el que tenía localizada a Sandra Levy. Recuerdo sus palabras, creía que Josh iba drogado cuando intentó abusar de ella minutos antes de ser asesinado.

—Lo más extraño de todo es que se quedara sentado sin hacer nada. Que dejara que el asesino rompiera el cristal y le rajase el cuello —sigue diciendo Stuart, más para sí mismo que para mí. Asiento—. Los forenses se están volviendo locos, no hay ninguna huella más aparte de la de la víctima y ningún empleado de la oficina tiene antecedentes penales. ¿Un caso complicado, jefe?

—¿Y cuál no lo es, Stuart? Y si no, recuerda el último caso. El de la modelo Patricia Larson. ¿Quién nos iba a decir que su asesina iba a ser su amiga del alma y también modelo?

—Y un ser angelical bajado del cielo, si me permites añadir.

—Más bien del infierno, Stuart.

CAPÍTULO 4

SANDRA

Viernes, 5 de diciembre de 2003

Llevaba tres meses trabajando en la agencia publicitaria DIC y ya me había convertido en el ojito derecho de Josh Parker. Sabía que Lisa y Nicole me envidiaban por cada una de las veces que Josh me «invitaba» a entrar en su despacho y me quedaba sentada frente a él durante horas, explicándole mis ideas y ayudándole en su proceso creativo. Sin embargo y, para mi sorpresa, Charlotte, la más competitiva y altiva del equipo, me trataba mucho mejor. Fue la que, al principio, era reacia a que dos mujeres más se incorporasen en el equipo creativo de la agencia pero lo aceptó porque ya no salía a las tantas de la noche cada día. Con dos mentes más, la acumulación de trabajo ya no era un problema.

El coqueteo era continuo, me había dado cuenta. Cuando estaba sentada en mi cubículo, sentía la mirada de Josh posada fijamente en mí desde su despacho. Entonces, yo le miraba coqueta, él sonreía pícaramente y volvía a centrarse en sus bocetos. Parecíamos dos quinceañeros y me encantaba el hormigueo en el estómago que esos momentos me provocaban.

Al fin, ese viernes sucedió algo. Algo inesperado que llevaba deseando desde hacía mucho tiempo. Sonó mi teléfono. Era Josh desde su despacho. Sonriente y agradable como de costumbre.

—¿Puedes venir un momento?

—Claro.

Como siempre, fui contoneando mis caderas hasta su despacho. Abrí la puerta y, sintiendo las miradas de Lisa, Nicole y Charlotte desde sus cubículos, me senté frente al jefe. Cruzó sus fuertes manos, se incorporó hacia delante y me miró de una forma distinta.

—¿Qué pasa? —le pregunté riendo—. ¿Se me ha corrido el rímel o algo?

—No, no, nada de eso. Estás preciosa, como siempre. —Sonrió enigmático. Encantador e irresistible—. Me preguntaba si tendrías planes para esta noche.

Dudé. Eso le hizo dudar a él.

—Imagino que una mujer como tú estará muy solicitada.

—No te creas —respondí, pensando en mi solitario y barato apartamento. Un cuchitril de un solo espacio de los años cincuenta situado en Queens.

—Entonces, ¿te gustaría venir a cenar conmigo? —propuso.

—Será un placer, señor Parker.

Me levanté, alisé mi falda de tubo color beige y me fui hasta mi cubículo sintiendo que la mirada de Josh estaba fija en mi trasero. Al salir, le guiñé un ojo e intenté centrarme en el trabajo.

El día se me hizo eterno. A las 19h, apenas quedaba nadie en la oficina, sobre todo tratándose de un viernes en el que todos parecían tener planes y prisas. Lisa, Nicole y Charlotte ya se habían ido y yo esperaba el momento en el que Josh saliera de su despacho.

—¿Nos vamos, señorita? —preguntó Josh detrás de mí, justo en el momento en el que más centrada estaba en unos borradores que me había pasado a las 17:10h.

—¿Adónde me llevas? —pregunté apagando el ordenador.

—Sorpresa.

Me agarró por la cintura y yo, preguntándome si mi maquillaje seguía intacto y mi vestuario sin pliegues después de doce horas de jornada laboral, me estremecí.

Un elegante Mercedes de color negro nos esperaba en la calle. Josh, con la elegancia y el porte que le caracterizaba, me hizo pasar primero y, con un simple gesto, le indicó al chofer que arrancara.

Estaba nerviosa. Su presencia me imponía y, en esos momentos, me sentía un poco como Julia Roberts en *Pretty Woman,* pero sin ser puta. Recorrimos las calles nocturnas de Nueva York hasta detenernos en la sesenta, cerca de Central Park. El chofer nos dejó frente a la torre norte de Time Warner Center en el que sabía que, en la planta treinta y cinco, se encontraba el prestigioso restaurante *Asiate* dentro del hotel Mandarin Oriental. Supuse enseguida que era el lugar en el que tendría mi primera cita con Josh. Un restaurante que yo, todavía, no podía permitirme.

—¿Voy bien así? —le pregunté, mientras subíamos en el ascensor—. Después de doce horas de trabajo a lo mejor tendría que haber ido a casa a cambiarme o...

—Estás preciosa —me interrumpió, cogiendo mi mano y acariciándola cortésmente.

Nada más entrar en *Asiate,* nos recibió un recepcionista oriental serio y refinado.

—Señor Parker, bienvenido. ¿En la mesa de siempre?

—Por favor.

Nos hicieron pasar a un gran salón y nos sentamos en una mesa íntima apartada del resto, junto a un gran ventanal desde donde se podía ver toda la ciudad de Nueva York.

—¿Te gusta? —preguntó Josh.

—Me encanta.

Me dejé llevar por Josh y ni siquiera sé qué comimos. Trajeron multitud de platos con cantidades minúsculas, pero con una decoración y un sabor delicioso. Con alguna copita de más, Josh empezó a sincerarse conmigo. Sus ojos azules estaban algo vidriosos por los efectos del alcohol, pero seguía siendo el hombre exquisito y carismático de siempre.

—Me gustas, Sandra. Me encantas. ¿Es muy malo decirte que me encantaría besar tus labios? Aquí y ahora.

—Te ha faltado decir: y con la ciudad de Nueva York como telón de fondo —reí nerviosa.

—Lo digo si hace falta. Solo para que me digas que sí.

¿Acaso pensaba que le diría que no? Miró a su alrededor y, sin importarle otra cosa que no fueran mis labios, se acercó a mí, me agarró dulcemente por el cuello y me besó durante los mejores segundos de toda mi vida. ¿Cómo había podido vivir durante veintiséis años sin esos besos? ¿Sin esa lengua entremezclándose juguetona con la mía y esos labios ardientes de placer?

—Vámonos de aquí —propuso.

Pagó la cuenta, nos metimos en el ascensor y bajamos las treinta y cinco plantas con la imperiosa necesidad de seguir teniendo nuestros labios unidos.

Apenas caminamos unos metros hasta llegar al lujoso apartamento de Josh, situado frente a Central Park, en el barrio de Upper East Side. No me dio tiempo a ver nada; Josh me llevó directamente a la cama. Allí me tumbo salvajemente y empezó a desvestirme con habilidad. Seguía besándome, esta vez con furia y pasión, a la vez que yo también le quitaba la ropa. Me agarró los muslos y empezó a penetrarme. Suave al principio, con calma y mirándome fijamente a los ojos. Luego, acarició cada milímetro de mi piel, mientras me penetraba con fuerza y mordía mis pezones. ¡Oh, Dios mío! Eso era el cielo... era eso. Yo gemía de gusto y placer, dejándome llevar por la destreza de Josh. Estuvo dentro de mí media hora, hasta que ambos finalizamos y, extasiados, nos quedamos tumbados boca arriba en la cama mirando hacia el techo.

—Ha sido increíble —rio Josh, dándose la vuelta para mirarme. Acarició mis senos mientras yo miraba embelesada cada músculo de su cuerpo.

—¿Otra vez? —reí yo.

—No me lo digas dos veces.

SANDRA

Miércoles, 9 de octubre de 2013

Paul me ha estado observado durante todo el día. Mierda. No debería haberle contado nada sobre Josh. Incluso temía que pudiera parecer sospechosa por haber tenido algo con él en el pasado. ¡Habían pasado diez años! Y desde hacía nueve estaba completamente enamorada de Matthew. Él era el amor de mi vida, Josh solo fue un pasatiempo y un error. Lo pude comprobar anoche antes de que él... antes de que... Oh, Dios mío, ni siquiera puedo decirlo. Antes de que lo asesinaran.

A las 17:10h estoy a punto para salir de la agencia. Lo cierto es que apenas he trabajado porque era Josh quien organizaba mis tareas. Lisa y Nicole tampoco han pegado palo al agua al igual que toda la oficina. Ha sido un día caótico y sé que Samantha está de los nervios. Todo debe volver a ser como siempre. Una agencia publicitaria seria y respetada que, probablemente, perderá clientes por lo que ha pasado. No he mirado la televisión, tampoco he leído ningún periódico, ni siquiera digital, pero sé que somos noticia por el asesinato de Josh Parker. Y temo las consecuencias y maldigo el momento en el que decidí irme y dejarlo solo con su asesino. Quiero recordar si vi algo extraño. Si me crucé con alguna persona por los pasillos y mi aturdimiento por el abuso de Josh provocó que no lo viera.

—Hola Sandra. —Es Paul. El agente Tischmann sonriendo detrás de mí. Me levanto de mi cubículo y le miro, imitando su sonrisa e intentando ocultar los nervios—. Me gustaría que supieras, aunque no sé si debería decírtelo, que las pruebas han dado negativo en drogas. Josh estaba limpio.

No sé qué decir. Recuerdo a Josh ido, alterado y casi rozando la locura.

—Vaya. Pues te aseguro que los signos eran evidentes —confieso, con toda la naturalidad de la que soy capaz.

—Dime, Sandra. ¿Qué signos?

—Bueno, no sé mucho de drogas, pero sus ojos estaban vidriosos, tenía un comportamiento extraño, muy alterado, nervioso... no paraba quieto.

—¿Y cómo es posible que estuviera sentado, sin hacer nada o huir, mientras el asesino rompía el cristal, cogía un trozo afilado y lo degollaba? No hay signos de defensa y debemos tener en cuenta que esos cristales no se rompen fácilmente, que tuvo que ser alguien con mucha fuerza.

—Tal vez lo amenazó —supongo pensativa.

—Tal vez —repite Paul—. Seguiremos indagando. Gracias de nuevo, Sandra.

—Un placer.

Recojo mis cosas y me voy. Lisa sigue en su cubículo, mirando absorta la pantalla del ordenador. Al ir hacia el ascensor, miro de reojo la sala de reuniones en la que asesinaron a Josh. La sangre sigue ahí, tres policías trabajan cuidadosamente y con esmero en la zona que sigue acordonada.

No puedo evitar verme acorralada por Josh manoseándome los pechos y lamiéndome el cuello. Me lamento al recordar todo lo que fuimos él y yo y en todo lo que podríamos haber sido. Tener que vivir esta situación me duele en el alma y, de nuevo, las lágrimas se apoderan de mí. Disimulo y logro irme de una atmósfera enrarecida y de un día que preferiría que no hubiera existido en el calendario.

Al llegar a casa, Matthew no está. Preparo un chocolate calentito y me acomodo en el alféizar de la ventana a contemplar la lluvia. Absorta en mis pensamientos, rememoro todos y cada uno de los momentos que viví con Josh. Más de los que quiero reconocer, muchos más de los que siempre digo. Y sigo sin creer que esté muerto. Y sigo culpándome por ello.

19:30 horas.

Matthew aún no ha llegado y no coge mis llamadas. Me tumbo en el sofá y enciendo la televisión. Ponga el canal que ponga, hablan de la extraña muerte de Josh Parker, el famoso creativo publicitario de DIC. Emiten sus anuncios a modo de homenaje y también hablan de Charlotte, ingresada en el hospital. Está en coma. Me quedo paralizada, no tenía ni idea y, de nuevo, empiezo a llorar sin darme cuenta que a las 19:33h, entra Matthew por la puerta.

—¿Estás bien, cariño? —pregunta, dejando su ordenador portátil encima de la mesa.

—Ha sido un día horroroso. —Corro hacia él y lo abrazo. Lleva el jersey verde que le regalé hace un año. Me encanta cómo le queda y me encanta cómo huele.

—¿Qué ha pasado?

Me da un beso en la boca.

—Han asesinado a mi jefe, a Josh.

—¿Cómo?

—Horrible, ¿no has visto las noticias? Lo han degollado. Menuda fuerza tiene que tener el tipo para romper la pared acristalada y degollarlo con un trozo de cristal... mira, se me pone la piel de gallina solo de pensarlo. Con la de golpes que me he dado en esa maldita pared de cristal sin ni siquiera provocarle un rasguño, y va alguien y es capaz de romperla.

67

—Mujer, la habrán roto con algo. ¿Pero por qué? ¿Por qué lo han matado?

—Están investigando —respondo cabizbaja y sintiéndome culpable por pensar en el inspector Tischmann de una manera en la que no debería; prohibida, casi obscena y excitante, estando con Matthew.

—Siento que hayas tenido un día tan malo, cariño. ¿Pedimos una *pizza*? Por un día que no nos alimentemos de tofu no va a pasar nada.

Me guiña un ojo y se va al dormitorio.

Media hora más tarde, nos traen una enorme *pizza* repleta de grasa y mozzarella, que nos disponemos a comer en el sofá con una película romántica de fondo.

—Casi había olvidado el sabor de una *pizza* — comento—. ¿Sabes? Ayer me encontré con Joana cuando volvía a casa. De hecho, nos fuimos a tomar unas copas y llegué tarde. No quise despertarte, dormías como un bebé.

—¿Con Joana? —pregunta, abriendo mucho los ojos. Lo miro de reojo, no me gusta la expresión de su cara.

—Tú sabías que había vuelto a Nueva York, ¿verdad? —le tanteo.

—¿Yo? ¿Por qué iba a saberlo?

—No respondas con otra pregunta, Matthew.

—Cariño, no sabía que Joana había vuelto a Nueva York. ¿Así te vale?

—¿Y qué hacía en nuestra calle?

—¿Por qué no se lo preguntaste a ella?

—Pues mira, porque no caí. Hasta ahora. Estuvo aquí contigo, ¿verdad?

—¿Aquí? ¿Pero qué dices, Sandra? ¿Te has vuelto loca?

—No, no me trates como a una chiflada. Joana estuvo aquí, ¿sí o no?

—¡No! —responde a la defensiva—. Mira, yo también he tenido un día muy duro. Gracias por preguntármelo, por cierto. Me voy a dormir.

Deja el trozo de *pizza* que se estaba comiendo encima de la mesa y se va al dormitorio, dejándome con mil preguntas. Sabe cómo soy. Sabe que imagino cosas y que, si no responde a lo que quiero saber, me atormento. Miro mi anillo de casada y lo único que me apetece es tirarlo por la ventana y que caiga en el interior de cualquier alcantarilla hasta arriba de agua por el aguacero que está cayendo, con rayos y truenos incluidos.

PAUL

Jueves, 10 de octubre de 2013

Si empezara a contar las horas y los minutos compulsivamente como Sandra Levy, diría que son las 00:04h cuando llego a mi apartamento. Ana no ha pasado por casa, ni siquiera para recoger sus cosas. Me acomodo en el sofá, estrujo la cara contra mis manos y me sirvo una copa de una botella de Brandy que tengo desde hace años en un armario de la cocina. Me sigue ardiendo la garganta, me pican los ojos y se me congestiona el cerebro. Pienso. Visualizo.

Mis pasos me llevan mentalmente hasta la escena del crimen. Cristales rotos y sangre. El asesino debió romper el vidrio de la pared acristalada con algún material pesado que no hemos encontrado. Visualizo el cadáver con el cuello rajado.

Me estremezco, pienso en lo horrible que debió ser y en el sufrimiento al que la víctima se vio sometida instantes antes de morir. Más sangre. Ni una pista. Ni una sola huella diferente a la de la víctima o a la de los cientos de empleados que han pasado por la sala de reuniones desde los veinte años de vida que tiene la agencia. Charlotte, su mujer. La locura y el sufrimiento en su mirada, la palidez de su piel y toda la droga que su cuerpo había ingerido, provocándole esos temblores; un espasmo de las arterias coronarias y un shock cerebral que la han llevado a un estado de coma. No creo que salga de esta, pero espero que sí. Espero que, si sale del coma, no le queden secuelas.

Sandra Levy, la Diosa pelirroja que me ha contado que la víctima intentó abusar de ella, la misma noche en la que lo asesinaron. Intento imaginar la situación. Intento verla a ella zafándose de sus manos, de su mirada, de sus labios y su lengua. Luego pienso en ellos dos juntos, acaramelados y felices, y siento la misma rabia que sentí cuando pillé a Ana hace apenas veinticuatro horas, con el tío barbudo, musculado y tatuado en mi cama. Pienso en que tengo que cambiar las sábanas y le doy otro sorbo a mi copa de Brandy. Enciendo un cigarrillo y dejo que el humo se extienda por todo el salón.

Me voy al estudio y enciendo el ordenador. Busco Sandra Levy en *Google* pero no aparece nada. Las cientos de Sandra Levy que aparecen en las redes sociales, tales como *Facebook* o *Twitter,* no son ella. El hecho de que no tenga redes sociales no me

71

extraña, yo tampoco las tengo ni las tendré nunca. Es más, me gusta que aún queden personas en el mundo que quieran preservar su intimidad. Me pregunto por qué dijo que Parker estaba enloquecido, como si estuviera drogado, cuando en realidad las pruebas, para mi sorpresa, dieron muestras de que no lo estaba. ¿Tenía otro tipo de problemas? ¿Cuáles? ¿Alguna enfermedad mental? Reviso los archivos que Stuart me ha enviado. Parker no tenía familia, su padre falleció cuando él tenía doce años en un accidente automovilístico y su madre enfermó dos años después. Se suicidó en el Instituto Psiquiátrico de Nueva York, situado en Riverside Drive, cuando Parker tenía dieciséis años y estaba bajo la tutela de unos tíos ya mayores. Esquizofrenia paranoide. Muy probable que Parker la heredara, por eso trató así a Sandra. Puede ser. Cojo mi teléfono móvil sin saber muy bien qué es lo que hago o lo que voy a hacer segundos después. «Los segundos, los minutos... se nos escapan de las manos», pienso, recordando la obsesión por las horas de Sandra. Los efectos de las cinco copas de Brandy hacen que busque su número de teléfono y lo marque instintivamente. Al tercer tono, a pesar de lo tarde que es, Sandra contesta.

—¿Dígame?

—Sandra, siento las horas. Soy el inspector Paul Tischmann.

El silencio invade la línea telefónica.

Al contestar, no parece que la haya despertado. Al otro lado de la línea, se oye el sonido de la lluvia picoteando la ventana y una película de fondo en la que una mujer parece estar hablando sola.

—Siento las horas —sigo diciendo—, pero quería preguntarte algo.

—Claro, tú dirás.

—Parker... Perdona, Josh. ¿Sabías que no tenía familia?

—Sí, sus padres murieron en un accidente de coche —responde alicaída y algo insegura.

—Bueno, en realidad su padre murió en un accidente de coche cuando Josh tenía doce años. Su madre se suicidó en una institución mental cuando él tenía dieciséis. Esquizofrenia paranoide.

De nuevo el silencio. Sandra ha bajado el volumen de la televisión y parece haberse acercado a una ventana de su apartamento, porque el picoteo de la lluvia es incesante y lo puedo escuchar con más claridad que al principio.

—Vaya, no sabía nada —dice al fin—. Por eso se comportó así... por eso estaba así, como si estuviera loco. ¿Es posible que tuviera esquizofrenia?

—Es muy probable. No fue la droga, seguramente Josh Parker sufría esquizofrenia paranoide heredada de su madre, aunque no tendría que estar suponiéndolo ni contándotelo, porque no hay nada confirmado.

—Te agradezco mucho la información, Paul. ¿Podemos vernos mañana?

—Sí. ¿A qué hora te va bien?

—Cuando termine de trabajar, sobre las 18h.

—Si quieres te espero en la cafetería que hay debajo de DIC.

—Allí estaré a las 18:05h.

—Tú y las horas, señorita Levy...

—Buenas noches, Paul.

—Buenas noches, Sandra.

Cuelgo el teléfono. ¿Qué he hecho? No es profesional y acabo de pasarme por el forro todos los pasos a seguir de una investigación policial. No informar a terceras personas, ni involucrar a ajenos en cada uno de los procedimientos.

Bebo. Suena el teléfono y lo miro con la esperanza de que sea Sandra. Pero en la pantalla aparece el nombre de Ana. Dejo que salte el contestador para, instantes después, escuchar el mensaje que me ha dejado:

«Paul, coge el teléfono. Cógelo... Por favor. Quiero hablar contigo, necesito hablar contigo. Estarás tan ocupado como siempre... Ya, te imagino trabajando hasta altas horas de la noche en otro asesinato. Mañana iré a buscar mis cosas y quisiera explicarte por qué lo hice. Nunca estabas, Paul. Nunca. Y yo te quería, de verdad. Pero...»

Fin de los mensajes.

Menuda zorra. «Yo te quería», ha dicho entre lágrimas. Y luego, los sollozos le impiden continuar hablando. Se siente culpable e impotente, ya no puede hacer nada para que la perdone. Para que la deje volver y vivir como una reina a mi costa.

Cuando quieres a alguien no te acuestas con el primero que pasa. Cuando quieres a alguien intentas hablar y solucionar los problemas antes de cometer una infidelidad. Cuando quieres a alguien no importa el tiempo que la otra persona pase fuera de casa. Lo importante es vivir con intensidad cada uno de los momentos en los que las dos personas que, supuestamente se aman, están juntas.

Ana llevaba tiempo distraída, ausente y fuera de mi mundo. En realidad, hacía mucho tiempo que lo nuestro había terminado.

CAPÍTULO 5

SANDRA

Jueves, 10 de octubre de 2013

Todavía con el teléfono en la mano, me distraigo con el picoteo de la lluvia en la ventana. Sonrío pícaramente. Me ha gustado mucho que el inspector me llame. Escuchar su voz grave, ronca y segura de sí misma; amigable y pausada al otro lado de la línea telefónica, me aporta tranquilidad y eso es lo que necesito en estos momentos. Ha sido todo muy traumático, aunque intento llevarlo con la mayor normalidad posible para que no afecte a mi vida. Sigo pensando en mi encuentro casual con Joana y caigo en la cuenta que en una semana tiene una exposición en la Galería *FitzGerald* de la calle Wooster. Pienso en si iré o no. En si iré con Matthew o, como siempre, estará demasiado ocupado con su trabajo *freelance*.

Entonces pienso en Josh y en lo que me ha contado Paul: Esquizofrenia paranoide. Estas dos palabras se me clavan como puñales en la piel. Poco o nada era lo que sabía sobre Josh, ahora me doy cuenta. En realidad, que poco conocemos a las personas que están a nuestro alrededor.

Dejo el teléfono en la mesa, apago la televisión y me voy al dormitorio con la intención de acariciar la espalda desnuda de Matthew y hacer las paces por nuestra pequeña discusión. Pero al abrir la puerta, Matthew no está en la cama. Noto cómo se me encienden las mejillas.

Inconscientemente, me desprendo del anillo de casada y lo tiro con rabia al suelo, con la intención de perderlo y no volver a verlo más. Matthew se ha ido de casa, probablemente pasará la noche fuera y me estremezco al pensar que está con ella.

SANDRA

Febrero, año 2004

Cualquier lugar y cualquier momento era bueno para hacer el amor.

Josh y yo nos habíamos convertido en dos salvajes que se necesitan en todo momento. Éramos adictos a nuestros cuerpos, siempre sudorosos y ardientes cuando estaban unidos. Cuando él me penetraba con fuerza y me miraba apasionadamente, lograba hacerme sentir como una Diosa. Nuestra fusión era perfecta.

En el trabajo, aunque nos costaba horrores, aparentábamos normalidad por muchas miradas y sonrisas cómplices que nos delataran. Trabajábamos hasta altas horas de la noche, lo cual nos servía de excusa para quedarnos solos en la oficina y hacerlo en cualquier rincón. Dios... amaba a ese hombre. Lo amaba con todas mis fuerzas.

Un día le pedí que me acompañara a una exposición de arte de mi amiga Joana. Allí acudirían la mayoría de mis amigos y sería la primera vez que me verían con Josh, lo cual, significaba, que lo nuestro iba en serio. Para la ocasión elegí un vestido estilo *vintage* de color azul oscuro y unos zapatos planos. Josh se quedó sorprendido con el cambio.

—¿Dónde está mi *femme fatale*? —preguntó riendo.

—Se ha quedado en la oficina. ¡No recordaba lo cómodo que resulta ir sin tacones! —reí.

Casi decidimos quedarnos en su apartamento haciendo el amor, en vez de ir a ver los cuadros de Joana. A Josh le ponía mucho ese vestidito y dejé que me metiera los dedos en el vestíbulo.

—Ya, ya... para ya, Josh...

—Venga... un poquito más...

—Le prometí que iríamos... Para... —decía yo, entre incontrolables gemidos de placer.

—¿Quieres que pare? —Abrió sus penetrantes ojos azules y sonrió pícaramente como de costumbre.

—En realidad no —respondí, dándole un beso en la boca—, pero prometo que nos iremos pronto y seré tuya toda la noche.

—Vas muy húmeda... ¿Podrás esperar?

—¿Y tú? —pregunté, tocándole la polla erecta y dura.

Joana era una reputada artista y una incansable viajera; su exposición estaba abarrotada de gente muy peculiar. Nada más entrar en la galería, podía respirarse arte y colorido a través de sus pinturas abstractas por cada rincón, otorgándole un aire desenfadado a la ya de por sí sobria decoración del local. Un camarero nos ofreció una copita de champagne y Josh y yo, cogidos de la mano, recorrimos la galería admirando los cuadros de mi amiga, aunque en nuestro pensamiento solo tuviéramos una palabra: Sexo. En realidad dos: Sexo salvaje. Casi como si fuera una obsesión enfermiza para ambos.

—¡Habéis venido! —exclamó Joana, plantando a un par de jóvenes barbudos con gafas de pasta, para acercarse a nosotros. Parecía haber bebido un par de copitas de champagne de más.

—Te lo prometí —dije, guiñándole un ojo—. Te presento a Josh Parker.

—Josh, ¡encantada! Sandra me ha hablado mucho de ti.

—Un placer, Joana. Maravillosos tus cuadros —la halagó Josh sonriente.

—Es muy guapo... —me susurró Joana al oído. Josh lo escuchó, sonrió y bajó su mano hasta mi trasero acariciándolo con descaro.

Mientras Joana nos explicaba que su próximo destino sería París para un par de exposiciones, se acercó un hombre tremendamente atractivo de cabello castaño y ojos rasgados de color verde. Su sonrisa era preciosa y se le marcaban dos hoyuelos encantadores en sus masculinas mejillas, con una cuidada barba de tres días. Su complexión era atlética y fuerte como la de Josh, aunque era más alto y resultaba más imponente.

—¡Matthew! —exclamó Joana, posando sus manos sobre los fuertes hombros del tal Matthew—. ¿Ya te vas?

—Sí, mañana tengo que estar a las siete de la mañana en una empresa —respondió, mirándome con curiosidad.

—Soy una mal educada —se disculpó Joana—. Él es Matthew Levy. Matthew, te presento a Sandra y a Josh.

—Encantado —dijo Matthew, estrechándome la mano con suavidad.

Fue electrizante rozar su piel; curioso y mágico a la vez. Miré de reojo a Josh, esperando que no notara mi rubor al conocer, por primera vez, al amigo de mi amiga.

—Igualmente —respondí, casi al unísono con Josh.

—Me pone que mires a otros con deseo, Sandra... —me susurraba al oído Josh, mientras hacíamos el amor en el cuarto de baño de la galería de arte.

81

SANDRA

Jueves, 10 de octubre de 2013

Aunque la sala de reuniones en la que asesinaron a Josh sigue acordonada, no hay policías trabajando en ella como el día anterior. Han limpiado la sangre y supongo que pronto vendrán a cambiar la pared acristalada para hacer ver que no ha ocurrido nada. Aun así, el ambiente sigue raro y tenso. Imposible que los empleados, cada uno con sus responsabilidades y cargos, se concentren en sus tareas. En las numerosas campañas publicitarias en las que estamos trabajando, incluida yo.

—Sandra, ¿puedes venir un momento? —me sorprende Samantha, desde el umbral de la puerta de su despacho. Me muestra una sonrisa triste y angustiada.

Entro en su señorial y amplio despacho, me fijo en la mesa central repleta de papeles amontonados.

El caos se ha apoderado de la directora de la agencia; su semblante se muestra apenado y confuso.

—Sin Josh como creativo han anulado la última campaña —informa apesadumbrada, indicándome con un gesto que me siente en uno de los sillones de piel de color negro que tiene para las visitas—. ¿Una copa? —pregunta, cogiendo una botella de whisky de una mini nevera.

—¿A las 8:12h de la mañana? No, gracias —respondo, con una media sonrisa forzada.

Ella me ignora y se sirve una copa bien cargada. Empieza a caminar de un lado a otro, nerviosa, mientras yo espero a que siga hablando.

—Lo superaremos. Tenemos cinco campañas en marcha y las que están por venir. No nos falta trabajo, pero hemos perdido una campaña millonaria. ¿Entiendes lo que eso significa?

Asiento con la cabeza temiendo lo peor. Recorte de personal, despidos... ¿Estoy despedida?

—Me gustas, Sandra. Tu mente es tan creativa como lo era la de Josh —prosigue—. Eras su ojito derecho y sé que tuvisteis algo hace años, no me importa. ¿Quién no ha tenido algo con Josh? —Se sonroja. Es la primera vez que la veo sonrojarse y eso me perturba—. También sé que lo has pasado mal, ¿y quién no? —pregunta, más para sí misma que para mí, cogiendo una fotografía enmarcada de su escritorio en la que nunca me había fijado. La mira con lágrimas en los ojos y la acaricia. Niega con la cabeza y me sonríe—. Es por eso que he decidido darte el puesto de Parker. A partir de hoy serás la principal creativa publicitaria de la agencia y a tu cuenta mensual le sumaremos un cero más. ¿Conforme?

No me lo puedo creer. Me quedo en *shock*, con la mirada fija en Samantha y sin saber qué decir.

—¿Sandra? ¿Aceptas el puesto o se lo doy a Nicole? Le sentará como una patada en la cara que no se lo haya ofrecido a ella, lleva más tiempo que tú.

—No, no... Acepto. Claro que acepto, Samantha. Es que estoy algo desconcertada. Todo ha pasado muy rápido y el hecho de haber sido la última persona que vio a Josh con vida me duele en el alma.

Asiente pensativa. A todos nos ha trastornado lo sucedido.

Quiere que continúe hablando; a mí lo que me gustaría saber es si Samantha conocía el pasado traumático de Josh. La muerte de su padre en un accidente y la enfermedad de su madre que, por lo visto, podría haber heredado. Quiero que me hable de Josh, lo necesito. ¿El tema de las drogas se le fue de las manos? ¿Tenía problemas con peligrosos mafiosos? ¿Conocí al Josh real?

—Samantha, ¿sabes quién pudo ser? —pregunto.

—Nadie de esta oficina, eso seguro, Sandra —se apresura a decir—. Sé el tipo de empleados que tengo. Honestos, responsables, inteligentes y buenas personas. Algo competitivos y ambiciosos, sí, pero no como para rajarle el cuello a alguien. Como bien sabes, hacemos varias entrevistas y test de personalidad —añade, sin demasiada convicción. Todos sabemos que esas entrevistas y test de los que se siente tan orgullosa podrían aprobarlos niños de cinco años.

—El cargo de Josh era muy importante, Samantha. ¿Algún rival?

—Como no sea Henry Weissman de la agencia Smith... Josh estaba nominado junto a él a un importante premio, pero créeme... Henry no mataría a una mosca. Sandra, deseo tanto como tú que pillen al asesino. En el fondo apreciaba a Josh. Siempre con sus rarezas y un mundo interior desconocido... —Niega con la cabeza y vuelve a mirar la fotografía que hay sobre su mesa—. Pero es algo que tenemos que asumir de un genio, ¿verdad? Son así... diferentes y desequilibrados. Y ahora Charlotte está ingresada en el hospital, luchando por su vida... Es una locura —termina diciendo, dándole un largo sorbo a su copa de whisky.

—Samantha, ¿qué quieres que haga?

—Encárgate de dos campañas publicitarias —responde, abriendo un cajón y sacando un par de carpetas—. Una pasta de dientes y un centro comercial. No son gran cosa y no destacarás en la profesión con ellas, pero puede ser un buen comienzo. Habla con los clientes, pregúntales qué quieren y crea. Crea un mundo mágico en el que vender sea la razón principal de tu trabajo. Algo así decía Josh, ¿no? ¿Tú recuerdas lo que decía?

—Un mundo mágico... —murmuro.

85

Pienso en Josh. Está muerto y, de repente, me parece sentirlo a mi lado. Acariciando mi hombro y mirándome fijamente como hacía al principio de lo nuestro. Siento su aliento, fresco y delirante, en mi nuca. Me parece escuchar un susurro... pero no sé qué es lo que me quiere decir.

—¿Sandra?

Me levanto atolondrada y perdida, cogiendo las carpetas que Samantha me entrega.

—¿Estás bien? —Asiento—. ¿Irás al funeral de Josh? Se celebra mañana a las once.

—Allí estaré.

Salgo del despacho con las carpetas bajo el brazo y me siento en mi cubículo. Samantha me observa desde su despacho con la copa de whisky en la mano, mientras yo miro mi minúsculo puesto de trabajo desde hace diez años, que sé que pronto abandonaré para trasladarme al amplio despacho de Josh. Miro hacia allí y aún me parece verlo sentado, con sus codos apoyados sobre la mesa de cristal, mirándome con curiosidad y una media sonrisa pícara. Por un momento, creo que mi teléfono va a sonar y voy a escuchar su voz diciéndome que vaya a su despacho. Y una parte de mí desea volver diez años atrás en el tiempo, para ser de nuevo su amante, su amiga y compañera. Una compañera a la que traicionó por el verdadero amor. Una compañera a la que utilizó a su antojo para realizar todas las fantasías sexuales que tenía en su depravada y enfermiza mente que, por lo visto, yo desconocía por completo.

PAUL

Jueves, 10 de octubre de 2013

¿Qué voy a decirle a Sandra? El camarero me sirve un café, se lo agradezco y vuelvo a centrarme en mi libreta. Hoy Stuart me ha sacado de quicio con su negatividad. ¿Qué hubiera hecho John Peck en mi lugar? Me enseñó a ser observador y cauteloso, pero no a tener paciencia. Eso es algo que se tiene o no se tiene y yo no he nacido con ella. Aún falta media hora para que Sandra salga del trabajo y acuda al café en el que ha quedado conmigo. Me pregunto por qué he quedado con ella, para qué. Tengo ganas de verla, pero sé que no estoy actuando correctamente. No estoy siendo profesional.

Las palabras de Stuart me siguen taladrando la mente:

—¡Nada! ¡No tenemos nada! La única mujer que puede ofrecernos información sobre Parker está en coma, puede que no sobreviva a esta noche y seguimos sin tener ¡NADA! Ni una huella, ni una pista, ni siquiera un sospechoso.

Lo peor de todo es que tiene razón. No tenemos nada, aunque quiero ser positivo y pensar que, cuando esto sucede, llega un momento en el que todo sale a la luz de repente y cuando menos te lo esperas. Por otro lado, agradezco que no tengamos nada. Eso me hace pensar menos en Ana. Así le doy menos vueltas a la cabeza con un asunto que me duele en lo más profundo del alma y seguir hacia delante.

Página a página, leo una y otra vez las palabras clave sobre cada una de las personas que interrogué en la agencia, empezando por la directora: Samantha Hemsley. Sé que tras esa tristeza disimulada por la violenta muerte de Parker, se esconde un tormentoso pasado que, muy probablemente, tenga que ver con la niña que aparece en la fotografía de su despacho. Samantha no es sospechosa, parece una mujer fría y ambiciosa, pero se trata de la directora de la agencia y, por cómo habló de Josh, no parecía que tuvieran problemas.

Las ayudantes de Parker, Lisa y Nicole, colaboraron con amabilidad y también parecían muy afligidas, aunque la primera se mostró más distante y poco colaboradora. Me contó que Parker era un jefe estricto, perfeccionista y disciplinado, pero siempre hacía lo posible por facilitar el trabajo de quienes trabajaban para él. Nicole no paraba de llorar y apenas podía hablar, era la que más afectada estaba. Lo único malo que dijo de Parker fue que era un maniático en ciertos aspectos como el orden, pero que había sido un placer trabajar para él durante tantos años. En ningún momento ninguna de las dos mencionó algún tipo de acoso sexual o de otro estilo por parte del famoso creativo. Solo Sandra Levy. Sandra, la más atractiva de las tres a mi parecer, fue la víctima perfecta para Josh. Quiero saber más sobre la relación breve que mantuvieron hace años, aunque no sea relevante en la investigación. Observo con detenimiento más nombres y cargos, pero ninguno es sospechoso de ser un asesino y todos tienen coartada. Me fijé también en los hombres de la oficina, y era imposible que hubieran asesinado a Parker. Estaban muy por debajo de él en cuanto a condición física se refiere, y dudo mucho que ninguno de los enclenques a los que vi pudieran haber roto la pared acristalada. Tenía que haber sido alguien fuerte, muy fuerte. O tal vez dos. ¡Eso es! Tal vez fueron varios. Se me escapa algún detalle... algún detalle... Mientras pienso dando golpecitos a modo de tic nervioso sobre la mesa de madera, suena el teléfono. Lo ignoro al pensar que puede tratarse de Ana y sigo con la mirada fija en la libreta. Vuelve a sonar y esta vez, al ver que en la pantalla no aparece el nombre de mi ex mujer, lo cojo.

—Inspector Tischmann.

—Tan seco como siempre, Paul.

Esa voz me resulta agradable y familiar. No puedo mirarme en un espejo, pero creo que el rostro se me ilumina.

—¡John Peck! ¿A qué debo este honor? Hace un momento estaba pensando en ti.

—¿Y eso por qué, Tischmann?

—Por mi ayudante, es desastroso. Y por un caso.

—¿El de Parker? ¿El creativo publicitario? —pregunta John, al otro lado de la línea telefónica, leyéndome el pensamiento. Siempre he tenido una conexión especial con el viejo Peck.

—Lo he estado siguiendo, muchacho. Un asunto peliagudo del que hablan a todas horas en las noticias.

—No hay pistas, ni una sola huella... no tenemos nada, John. Como si el asesino fuera invisible —le digo, riéndome por lo absurdo que ha debido sonar.

—El asesino es astuto.

—Y muy fuerte. Rompió una pared acristalada y le rajó el cuello con un trozo de cristal sin que la víctima, al parecer, pusiera impedimento alguno —susurro. A ninguno de los presentes en el café les interesa escuchar conversaciones privadas sobre asesinatos en su momento de ocio.

—Recuerda algo, Tischmann. En la mayoría de ocasiones nada es lo que parece. Buscas a un hombre de apariencia fuerte, ¿me equivoco? Claro que no me equivoco.

—Bueno, justo estaba pensando en que quizá el asesinato se había cometido entre dos o más personas.

—Puede ser, pero deja que lo dude. Busca a un culpable, uno solo. Y no te fijes en su apariencia física, no te dejes engañar.

—Es como si me leyeras el pensamiento, jefe. ¿Cómo estás?

—Viviendo la vida. Debo admitir que algo aburrido, echo de menos la acción. Me limito a plasmarla en una hoja en blanco —ríe.

—Me alegra escucharte, John.

—Lo mismo digo, muchacho. Te llamaré otro día, ya habrás encontrado algo. Siempre se encuentra algo, los asesinos son de carne y hueso y sus mentes no son perfectas, sino siniestras. Y lo siniestro siempre sale a la luz.

«Lo siniestro siempre sale a la luz.» Repito en voz baja las misteriosas palabras del viejo Peck antes de colgar el teléfono.

18:05 horas.

La señorita Levy entra por la puerta de la cafetería, puntual como ya esperaba, buscándome con la mirada. La saludo con la mano y le indico que se siente enfrente de mí. En esta ocasión, no muestra sus largas y esbeltas piernas embutidas en una falda de tubo, sino que ha optado por unos tejanos ajustados de color negro, una camisa blanca que deja entrever un bonito y sugerente escote, y una americana sin abrochar. Camina elegantemente sobre sus altos tacones de aguja, se acerca a la barra y le pide algo al camarero. Seguidamente me sonríe viniendo hacia mí, me da una palmadita en el hombro y siento cómo se me acelera el ritmo cardíaco. Esta mujer provoca algo en mí que, hasta este momento, desconocía completamente.

—Hola, Paul.

Parece contenta. Nada que ver con la mujer apesadumbrada que vi ayer.

—Te veo bien, Sandra.

—Me han ascendido —responde coqueta, jugueteando con un mechón de su cabello. Mira hacia la ventana, baja la mirada y vuelve a mirarme a mí—. ¿Hay novedades?

—Me temo que no. ¿Has visto algo raro?

—¿Quieres que lo vea? Me refiero a que... ¿Quieres que investigue dentro de la oficina? ¿Por si me entero de algo?

—Claro, Sandra. Esto puede ayudar mucho en la investigación.

—Lo haré —dice entusiasmada.

—Y ese ascenso... Cuéntame.

—Ocuparé el cargo de Josh. No es que me guste, de hecho me asusta un poco. Nada es lo mismo sin él, ¿sabes? No sé si voy a ser capaz.

—Claro que serás capaz —la animo.

—Gracias.

Sonríe. Y su sonrisa ilumina todo el café. El camarero le trae un zumo de naranja natural y se queda prendado del atractivo de Sandra.

—¿Sabes si hay alguien que quería ocupar el puesto de trabajo de Josh?

—No. Cada uno tiene su cargo, cargos mucho más importantes que el de él, aunque quizá no sean tan llamativos, famosos o premiados. ¿No estarás sospechando de mí? —pregunta divertida.

—No quiero desilusionarte, pero dudo mucho que, con esos brazos tan delgados, pudieras romper tan siquiera una taza de café —rio, aunque sé que no debo hacerlo.

—Mañana lo entierran —informa, bajando la mirada.

Vuelve la nostalgia, la tristeza. Esa mujer lo quería. En el fondo, aunque quizá no lo admita, aún lo quería, y me resulta curioso teniendo en cuenta que, por lo que me contó, solo habían tenido un par de citas y un lío de una noche, sin pensar en el acoso sexual al que se vio sometida la noche en la que acabaron con la vida de Parker.

—Lo sé. Y Charlotte sigue en coma —me lamento.

—Es horrible. Horrible. Hace una semana ambos estaban sanos, vivos y felices, con toda una vida por delante y ahora...

—Así es la vida. Puede desmoronarse en un segundo. Nunca sabes qué es lo que te espera a la vuelta de la esquina.

—Lo sé. Créeme que lo sé... —responde, mirándome fijamente. Quiero decirle que yo también conozco esa sensación que, de hecho, la he conocido no hace mucho, pillando a mi mujer en la cama con otro hombre—. Debería irme —dice de repente.

Sandra Levy es imprevisible.

—¿Quieres otro zumo? —pregunto. No quiero que se vaya, quisiera retenerla, invitarla a cenar. Me fijo en sus manos. Armoniosas y delicadas, no lleva ningún anillo, con lo cual no está casada o comprometida. Me alegra intuirlo—. Imagino que te espera alguien en casa.

Niega con la cabeza tristemente, termina el zumo y se encoje de hombros. En ese preciso instante, el sonido del teléfono rompe la magia que creo que se está creando entre Sandra y yo. Es Stuart.

—Dime —respondo, mirando hacia el exterior por el ventanal de la cafetería.

—Charlotte ha muerto.

—Mierda.

CAPÍTULO 6

SANDRA

Viernes, 11 de octubre de 2013

Tengo la intención de salir de casa a las 10:20h para llegar puntual al funeral de Josh y Charlotte a las 11h. Me entristece que ya no estén en este mundo y, al mirarme en el espejo, recuerdo el sueño de anoche. En él surgían de la nada Josh y Charlotte cogidos de la mano. Me miraban y reían y, seguidamente, sus figuras se evaporaban yendo hacia un túnel oscuro.

Mis ojeras me delatan, le dicen al mundo que no he dormido bien. Matthew no está en casa, dudo mucho que haya venido a dormir, porque su lado de la cama no muestra signos evidentes de que alguien haya pasado la noche ahí. Pienso en ella. En su falsa sonrisa, en su falsa amistad. En el día en el que conocí a Matthew cuando aún iba cogida de la mano de Josh. En lo enamorada que estoy de mi marido. He buscado mi anillo de casada, pero no lo encuentro. Debería estar debajo de la cama, donde me pareció que cayó cuando lo lancé, pero no está. Hasta hace dos días, pensaba que todo iba bien. Que Matthew y yo éramos la pareja perfecta. No sé en qué momento ha cambiado todo, es como si la muerte de Josh hubiera sido una especie de maldición. Él ha muerto y yo estoy maldita. ¿Es eso posible?

Voy al cuarto de baño y me maquillo un poco. Mientras me aplico el rímel, una corriente de aire inunda el cuarto de baño. Doy un respingo y miro hacia atrás. No hay nadie, pero siento que me observan. «Sandra, te estás volviendo loca», rio para mis adentros. Vuelvo a mirarme en el espejo y, entonces, lo veo detrás de mí. Josh. Su cuello está partido por la mitad, tiene un corte profundo del que no para de salir sangre a borbotones, y sus ojos azules muestran la misma locura con la que me miró por última vez, cuando quiso hacerme el amor a la fuerza. Me quedo paralizada, cierro los ojos y, al abrirlos, el fantasma de Josh ya no está. Pero sigo en estado de *shock*. En alerta constante. Aún me niego a creer lo que mis ojos me han mostrado. Nunca he creído en fantasmas, pero sí en almas rotas. Almas que se quedan junto a nosotros en busca de venganza. Todavía con el miedo en el cuerpo y el temblor en las manos, me aplico el rímel y salgo inmediatamente de casa antes de lo previsto. Las 10:15h. Seré de las primeras en llegar al funeral.

Mientras el cura reza por el alma de Josh y Charlotte Parker, observo, con lágrimas en mis ojos, cómo sus tumbas se adentran en las profundidades de la tierra para siempre. A mis oídos llegan sollozos, quejidos y lamentos. Susurros que hablan de los muertos, halagándolos y entristeciéndose por lo jóvenes que eran. Por la tragedia del perfecto matrimonio Parker. El padre de Charlotte, el hombre de barba blanca que vi junto a ella en la oficina, se arrodilla frente a la tumba de su hija roto de dolor. Parece que se ha quedado muy solo en el mundo, ¿cómo se puede superar la muerte de un hijo? Sé lo que es eso, sé lo que es que el corazón se te parta en dos. Visualizo el cuerpo inerte de Josh en el interior del ataúd y siento que no puedo respirar. Podría haber sido yo. No debería haber sido él. No fueron dos citas. No fue un lío de una noche. Fue mucho más, fue mi adicción. Mi deseo, mi vida, mi amor. Y ahora, al igual que nuestra historia, él está muerto.

A lo lejos, el inspector Tischmann observa la escena oculto tras un árbol. En realidad nos está analizando a todos, queriendo encontrar, entre los asistentes al funeral, al responsable de la muerte de Josh. En secreto, yo también lo busco, pero no doy con él. No encuentro una mirada de maldad que me diga: «Yo, fui yo quien lo mató.» He escudriñado

97

todas y cada una de las manos de los asistentes al funeral. Quizá he obviado alguna, hay más de trescientas personas, pero ninguna tiene cortes superficiales causados por la pared acristalada de la oficina. Ninguna mano es tan fuerte como para romper un vidrio tan grueso y salir ileso.

—Es tan triste... —murmura Lisa, colocándose a mi lado.

—No te había visto.

—Hay mucha gente. Pero ¿sabes? ¿Cuántas personas de esta sala crees que querían de verdad a Josh? —pregunta pensativa.

Yo. Yo le quería. Le quise.

SANDRA

Abril, año 2004

La primavera evocaba en mí malos recuerdos. La primavera se llevó a mis padres en el año 1987, cuando yo solo tenía diez años.

—¿Qué pasó? —quiso saber Josh, acariciando mi espalda desnuda y entrelazando su mano con la mía.

—Todo sucedió una noche en la que salieron a cenar con unos amigos. Me dejaron a cargo de una canguro adolescente desastrosa y, a la una de la madrugada, cuando volvían a casa, un borracho se cruzó en su camino y los mató en el acto.

Josh se quedó pensativo y noté que sintió realmente mi dolor. Secó mis lágrimas y me abrazó con dulzura. Fue la primera ocasión en la que no hizo falta hacer el amor para sentirlo muy dentro de mí.

—Todos tenemos nuestras tragedias, Sandra. Todos.

Acto seguido, se fue al cuarto de baño a esnifar coca. Decía que le sentaba bien y que apaciguaba los nervios y el estrés que el trabajo le causaba. Se sentía presionado, obligado a ser el mejor. En marzo le habían dado, por la creación de un sensacional spot, el primer premio importante en su carrera y no podía permitirse bajar el listón. Yo le ayudé, de hecho fui yo quien le dio la idea inicial que él desarrolló de forma magistral. No me había sentado mal no recibir ningún tipo de elogio, en absoluto. Sus alegrías también eran mis alegrías y era capaz de sentir sus premios tan suyos como míos.

A la primavera tampoco le gustaba yo. A los pocos días de confesarle la verdadera razón por la que odiaba esta estación del año, Josh empezó a mostrarse esquivo conmigo. Cada vez me prestaba menos atención y se quedaba en la oficina hasta altas horas de la noche diciéndome que me fuera a casa.

No quería distracciones, necesitaba estar solo.

En una reunión junto a Lisa, Nicole y Charlotte, lo vi claro. Evitó mirarme en todo momento y, sin embargo, se mostró muy atento y cercano con Charlotte. Se la comía con la mirada y ella, que desde siempre había mostrado interés por él, estaba encantada de convertirse al fin en su ojito derecho. Me moría de celos, pero ¿qué podía hacer? Nada, absolutamente nada. En ningún momento hablamos de que tuviéramos una relación seria o algo por el estilo. Yo creía que sí, pero no. Éramos dos amantes sin ataduras, sin compromisos, ¿sin amor? ¿Cómo se había olvidado de nuestras miradas de la noche a la mañana? ¿De esas pícaras sonrisas? ¿De esa pasión alucinante que me elevaba al cielo cada vez que me penetraba? Sus visitas al baño eran cada vez más frecuentes y, a veces, lo acompañaba Charlotte. Empezaron a divertirse juntos y compartían una afición: las drogas.

Recuerdo que era viernes y no quedaba nadie en la oficina. Miré el reloj, las 19:25h. Josh estaba absorto en la pantalla del ordenador, encerrado en su despacho con multitud de bocetos sobre la mesa. Hacía días que apenas me dirigía la palabra y seguía evitándome sin dar explicaciones. Abrí la puerta de su despacho sin pedir permiso y lo miré seriamente, buscando un motivo por el que me había apartado de su vida de la noche a la mañana. Mi cepillo de dientes aún seguía en el cuarto de baño de su apartamento.

—¿Qué quieres? —preguntó sin mirarme.

—Quiero saber qué es lo que pasa, Josh.

—No pasa nada, Sandra.

—¿Estás con Charlotte?

Suspiró, puso los ojos en blanco y se levantó de la silla. Se acercó lentamente a mí, como si en realidad no quisiera tenerme delante. Ya no tenía ganas de mí.

—Lo siento, Sandra. —Me quedé muda. Su mirada era fría como un témpano de hielo. No le temblaban las manos y sus labios ya no me sonreían. No a mí—. ¡Ey! Pero lo hemos pasado bien... muy bien, ¿verdad? A partir de ahora nuestra relación pasa a ser estrictamente profesional.

Podría haberle insultado. Podría haberle abofeteado o pegarle una patada en los huevos. Podría haber sido yo quien le hubiera rajado el cuello. Podría haberle dicho que me había roto el corazón y podría haber reconocido que me había enamorado de él. Pero no hice nada de eso. Asentí con los ojos llorosos y salí de su despacho y de su vida.

PAUL

Viernes, 11 de octubre de 2013

Más de trecientas personas han acudido al funeral del matrimonio Parker. También estaba Sandra y sé que me ha visto. En el laboratorio siguen sin pruebas que nos ayuden a avanzar en la investigación; son las 23h y si no he averiguado nada desde las siete de la mañana que estoy en pie, no lo voy a hacer ahora. Cojo mis cosas y me voy a casa. Al abrir la puerta, veo que Ana está sentada en el sofá y me recibe con una sonrisa amistosa.

—¿Qué haces aquí? —quiero saber, con cara de pocos amigos, simulando que ya no la quiero. Que ya no me importa y que no quiero volver a verla nunca más. No lleva maquillaje, parece triste y cansada, como si llevara todo el peso del mundo a sus espaldas.

—He venido a recoger mis cosas. Si es eso lo que quieres, Paul.

—Sí, es eso lo que quiero —respondo, mirando la maleta que tiene a sus pies.

—¿No quieres arreglarlo? —Se acerca a mí. Me quiere abrazar, pero me aparto bruscamente—. Paul, hablemos. Ha sido un error, yo... yo no quería.

—¿Cuántas veces? —Silencio—. ¿Cuántas veces? —repito, perdiendo los nervios.

—Dos años —se sincera, mirando al suelo.

—Sal de aquí inmediatamente, Ana. Coge tu maldita maleta y vete. No quiero verte nunca más.

Asiente con lágrimas en sus ojos. Probablemente el tío musculado, barbudo y tatuado, no quiera saber nada de ella, no la acoja en su casa y no le dé la vida cómoda y fácil que yo sí le he dado durante tantos años.

—Adiós, Paul. —Se despide y alarga sus delicados brazos en un último intento por abrazarme. De nuevo me retiro y avanzo unos pasos; ella baja la mirada, se da media vuelta y va hacia la puerta. La abre con lentitud y pesar; imagino que sigue mirándome por si, en el último momento, decido retenerla. Pero no lo voy a hacer. Que se largue, me da asco—. Cuídate —murmura.

Controlo las ganas de llorar hasta que oigo el portazo de la puerta detrás de mí. Se ha ido, de mi casa y de mi vida, para siempre. Y entonces, dejo que todo el dolor salga y marco un número de teléfono.

SANDRA

Viernes, 11 de octubre de 2013

—Paul —saludo.

—Hola Sandra, siento las horas —contesta el inspector Tischmann al otro lado del teléfono.

—Da igual, no puedo dormir.

Pero no le digo el por qué. Al llegar a casa, he encontrado una nota de Matthew que decía que necesitaba respirar por unos días. Alejarse de mí. Hay algo más, algo que me oculta y que he sabido desde hace tiempo aunque no lo haya querido reconocer. Joana es el motivo y no solo me siento traicionada por mi marido, sino también por la que creía que era una buena amiga. Cuántos años con una venda en los ojos. Qué estúpida me siento ahora.

—Ya somos dos —ríe tristemente—. Sandra, ¿dónde vives?

—En el Soho.

—Yo también.

Parece feliz por la casualidad.

—Vivo en la calle Thompson, ¿y tú?

—Al lado, en la calle Wooster. Te apetece... —Sabe que no debe hacerlo. Pero, aun así, sé que lo va a hacer—. No sé, ¿te apetece ir a tomar algo?

—Podemos vernos en diez minutos en el local que hay debajo de mi casa —afirmo con seguridad—. El *Jimmy*, ¿lo conoces?

—Sí, por desgracia lo conozco bien. —«Menuda cogorza la del otro día», pienso—. Nos vemos ahí en diez minutos, Sandra. Hasta ahora.

—Hasta ahora, Paul.

23:32 horas.

Aún llevo puesta la ropa del funeral, así que voy hasta el armario y veo el vestido azul oscuro que tanto le gustó a Josh el día de la exposición de Joana, hace la friolera de diez años. Fue el día que conocí a Matthew; el vestido que solo me pongo en mis sueños, cuando me veo ataviada con él, caminando por un campo desierto y árido con un cielo burbujeante. Inconscientemente, abro la parte del armario de Matthew y veo que falta mucha ropa. ¿Piensa en volver algún día? ¿Pronto? En un ataque de desesperación, marco su número de teléfono, pero salta el buzón de voz. Dos, tres, cuatro veces más... Matthew tiene el teléfono móvil apagado y lo imagino con ella haciendo el amor en cualquier apartamento de la ciudad de Nueva York en el que acaba de instalarse. No tengo el número de Joana, lo cambia constantemente y el día que nos tomamos unas copas quedamos en vernos la semana siguiente en su exposición. «Estás sacando las cosas de quicio, Sandra. Respira... Inspira... Respira... Inspira. No, Matthew nunca te haría algo así, no con Joana. Ella fue quien te lo presentó y siempre dijo que Matthew no le atraía lo más mínimo, por eso, y por otros motivos, se casó contigo. No, Sandra, no... Matthew no está con Joana», me digo a mí misma tranquilizándome. Esbozo una sonrisa y me enfundo en el vestido azul oscuro que nunca pasa de moda por su sencillez. Me pongo una chaquetita de punto gris y unos zapatos planos color beige y voy hasta el cuarto de baño a retocar un poco mi maquillaje. Me parece algo sorprendente, pero quiero estar guapa para Paul. Le soy infiel a Matthew mentalmente y también siento que le soy infiel a la memoria de Josh, aunque esto último tiene menos sentido.

—Sandra... Sandra... —me susurra una voz masculina de ultratumba. Me quedo paralizada, sé que algo tétrico va a suceder, que no estoy sola y que es muy probable que el espíritu de Josh vuelva a aparecer de la nada con el cuello rajado para hacerme una visita desde el más allá—. Mira debajo de la cama, Sandra. Debajo de la cama.

Abro mucho los ojos, pero no veo nada. Solo he escuchado una voz que no identifico como la de Josh. Es ronca y siniestra, como si no perteneciera a este mundo. Le hago caso a la temida voz y, aparentando tranquilidad y normalidad, me agacho a mirar debajo de la cama. Veo un anillo, pero no es el mío, es el de Matthew. Lo cojo con pesar y lo coloco encima de la mesita de noche. Lo miro fijamente un rato, como si por eso Matthew fuera a regresar. Al volver a mirar hacia el cuarto de baño, vuelvo a ver a Josh. Pero esta vez tiene una soga en el cuello y los ojos cerrados. Sus pies descalzos e inertes levitan sobre un gran charco de sangre y yo me ahogo en un grito que intento controlar.

—¡Déjame en paz! ¡Déjame en paz!

Cierro los ojos y, al abrirlos, Josh no está y el charco de sangre ha desaparecido. No quiero volver al apartamento, no quiero estar sola.

Las 23:40h. Salgo de casa y, a tan solo tres pasos, el inspector Tischmann me espera. Con él estoy segura.

—¿Estás bien? —me pregunta, nada más entrar por la puerta del local.

—¿Qué bebes? —le pregunto yo, para evitar contarle qué tal estoy en realidad. No quiero hablar de mí y, sin embargo, quiero saberlo todo de él.

—Whisky.

—Un *Bloody Mary* —le pido al camarero, recordando la noche del martes con Joana en ese mismo lugar. El camarero frunce el ceño y me mira, supongo que recordará mi borrachera de la otra noche—. No suelo venir mucho por aquí, aunque la otra noche... —Dudo si contárselo o no. Suspiro. Me recuerdo que estoy con un poli—. La noche en la que mataron a Josh vine con una amiga —le cuento.

El inspector Tischmann se muestra serio y pensativo.

—¿Esa es tu coartada? ¿Estabas aquí bebiendo algo con una amiga?

—¿Necesito coartada, inspector? —le pregunto acercándome a él.

—No, es simple curiosidad. ¿Qué hora era?

—Me encontré con mi amiga a las 22:10h y recuerdo que llegué al portal de casa a las 23:40h. —Sonrío—. Iba muy borracha... Apenas me sostenía en pie.

—Creo que te vi. —Ahora quien sonríe es él—. Algo más tarde fui yo el que vino a emborracharse aquí —reconoce.

—¿Por qué? —quiero saber.

—Pillé a mi mujer en la cama con otro.

—Cuánto lo siento, Paul.

Coloco mi mano sobre su hombro y le acaricio la espalda.

—Cosas que pasan —dice, queriéndole restar importancia y apartándose un poco de mí. Retiro la mano, le estoy incomodando.

—Si a mi me pasara algo así no sé cómo reaccionaría —me lamento. Es muy probable que haya pasado, pero cuando los ojos no lo ven, el corazón no lo siente—. Hoy te he visto en el funeral. ¿Has visto algo raro, Paul?

—No —responde secamente.

—Han pasado tantas cosas en tan pocos días... No me lo explico —razono, mirándolo fijamente. Me mira directamente a los labios, sé que me desea, conozco esa mirada.

—Está siendo una semana intensa.

—Paul, ¿por qué has querido quedar conmigo? Esto no es nada profesional, ¿no?

Se le escapa una tímida sonrisa y parece dudar antes de volver a hablar.

—No. Sé que no es correcto, pero algo en ti me ha llamado la atención —reconoce, llevándose la mano a la nuca.

—¿El qué?

—No lo sé. Me dijiste que querías colaborar en lo que estuviera a tu alcance.

—Entonces sí es profesional, Paul.

—No del todo —ríe nervioso—. Pero juntos, vamos a descubrir quién asesinó a Parker.

CAPÍTULO 7

PAUL

Sábado, 12 de octubre de 2013

El sol se refleja por la pequeña ventana de mi dormitorio. Me cuesta abrir los ojos y tengo un tremendo dolor de cabeza. Creo que anoche bebí demasiado y, al mirar hacia al otro lado de la cama, veo a Sandra mirándome con ternura.

¿Qué demonios ha pasado? Le sonrío. Quiero recordar, pero no puedo. Está desnuda y no tiene pudor en mostrarme su esbelto cuerpo recién levantado.

—Buenos días, inspector —me saluda.

Acto seguido, se levanta de la cama y, ruborizado, me quedo encandilado contemplando su perfecta silueta femenina. Mueve las caderas como nadie y camina sensualmente como si estuviera en su propia casa. Creo que ha ido a la cocina. En la mesita de noche hay dos preservativos usados. Me estrujo la sien intentando recordar mi primera vez con Sandra. Quisiera recordarla, recordar con claridad qué fue lo que pasó anoche.

Me levanto, me pongo unos calzoncillos que encuentro tirados en el suelo y corro hasta la cocina en la que Sandra, completamente desnuda, prepara café.

—¿Café? —me ofrece, con una encantadora y amplia sonrisa.

—Sí, gracias —respondo, sentándome en un taburete—. Sandra, ¿qué pasó anoche?

—¿No recuerdas nada? —pregunta decepcionada.

—Demasiado whisky, me temo.

—Si quieres te lo recuerdo.

Se acerca a mí juguetona y me besa. Siento sus labios sobre los míos, me atrapa, juega conmigo y se separa, solo un poco, para quedarse a tan solo unos milímetros de mi cara.

—Hicimos el amor. Dos veces —dice, aún con la voz ronca y adormilada.

—Siento no recordarlo —me lamento con humor.

Sirve el café y se sienta a mi lado. Es perfecta, delicada y majestuosa. Sigo viéndola como una Diosa inalcanzable. Pero está aquí, conmigo.

—Sandra, vístete. No puedo concentrarme si estás...

—¿Desnuda?

—Eso es.

Ríe y se va hasta el dormitorio. Al volver, lleva puesto su vestido azul oscuro con la chaqueta gris encima y los zapatos planos que recuerdo que llevaba anoche. Muy diferente al aire de *femme fatale* que muestra en la agencia.

—He soñado con Josh —suelta de repente, consternada.

—El asunto te está afectando mucho, ¿verdad?

—Sí.

—¿Qué hubo realmente entre vosotros, Sandra?

—Ya te lo dije. Un par de citas y un lío de una noche, nada más. Él eligió a Charlotte y yo seguí con mi vida.

—¿Y cómo siguió tu vida?

Baja la mirada, le da un sorbo rápido a su café y, cuando creo que va a contarme la historia de su vida, me da un beso en la boca y se dirige hasta la puerta sonriéndome. No sé qué pensar. Me descoloca, me atrapa, me obsesiona.

SANDRA

Viernes, 20 de agosto de 2004

Se me hacía cuesta arriba tener que ir a trabajar cada mañana a DIC desde que Josh me dejó por Charlotte. Parecía disfrutar viéndome sufrir y restregándome en las narices que era la rubia delgaducha de piernas infinitas la que se acostaba cada noche en su cama y se quedaba a trabajar hasta las tantas de la noche con él. Lisa y Nicole, ajenas a mi tormento particular, eran mi principal apoyo. Supongo que sospechaban algo, pero eran discretas y buenas compañeras.

Hacía un calor infernal en Nueva York y yo soñaba con mis dos semanas de vacaciones. No conocía aún el destino. Mis amigos tenían sus planes hechos y Joana estaba en París. Pero no me importaba. Siempre he sido de ese tipo de personas que pueden ir a un restaurante a comer solas o al cine con la única compañía de un bol de palomitas y una *Coca Cola Light*. Como cada viernes por la mañana, Josh estaba reunido en el despacho de Samantha. Pero ese día vi con mis propios ojos que mantenían una acalorada discusión. Josh alzaba las manos enérgicamente y, aunque no podía escucharse nada desde el despacho de la directora, vi por su expresión, que ella le gritaba enfurecida. Hasta me pareció verla llorar. Nicole y Lisa estaban de vacaciones; Charlotte y yo, aún sin nuestro merecido descanso estival, teníamos poco trabajo. Decidí bajar a la cafetería de abajo a tomar un café. Necesitaba un respiro.

Curiosa por naturaleza, removía mi café con hielo queriendo averiguar de qué estarían hablando Josh y Samantha. El por qué de una conversación conflictiva. Entonces, una voz masculina que había olvidado, me saludó.

—¿Sandra?

Al alzar la vista vi al hombre que me había presentado Joana en la exposición a la que acudí con Josh en febrero. No recordaba su nombre, pero sí lo mucho que me atrajo. Me sonreía, como si estuviera feliz por el casual encuentro.

—No recuerdas mi nombre, ¿verdad? —preguntó divertido—. Matthew Levy.

—¡Matthew! ¿Quieres sentarte a tomar un café conmigo?

—Será un placer.

Se sentó frente a mí sin saber muy bien cómo iniciar una conversación.

—¿Sabes algo de Joana? —preguntó.

Joana era lo único que nos unía y supongo que fue una manera fácil de romper el hielo.

—Ya estará en París, pero no ha dado señales de vida.

—Es algo que suele hacer.

—¿La conoces mucho?

—No, qué va. No demasiado. Hace un año me contrató para diseñar su página web, nos caímos bien y hemos salido un par de veces. Es algo excéntrica y alocada, ¿no crees?

—Así es Joana —asentí riendo—. ¿A qué te dedicas? ¿Haces páginas web?

—Trabajo para varias empresas como diseñador gráfico *freelance* y también me contratan privados para montar sus páginas web, sí —informó con entusiasmo. Se le notaba que disfrutaba de su trabajo—. ¿Y tú, Sandra?

—Trabajo en DIC, la agencia publicitaria que hay en este edificio. Soy ayudante de uno de los directores creativos.

—Muy interesante.

—Sí, supongo. No hace ni un año que trabajo ahí y de momento me va bien. Es creativo, eso siempre se agradece.

—Y el tipo con el que te vi... —empezó a decir tímidamente, removiendo con nerviosismo su café.

—Josh. Es mi jefe.

—¿No es tu novio?

—¿Josh? No, no, qué va. No tenemos nada.

Pareció aliviado al saberlo.

—Entonces... —empezó a decir—, si Josh no es tu novio podríamos ir a cenar esta noche —propuso, encandilándome con sus ojos verdes repletos de curiosidad.

—Con una condición —dije coqueta, jugando con un mechón de mi cabello.

—¿Cuál?

—No me lleves a ningún restaurante situado en las alturas. Odio las alturas.

—Hecho.

La casualidad había llamado a mi puerta y me había ilusionado como una quinceañera. Me sorprendí a mí misma poniéndome guapa por primera vez en mucho tiempo, para alguien que no era Josh. Seguía en mi mente, alborotándola y descolocándola por completo, pero una parte de mí me decía que Matthew era el hombre correcto y que Josh solo era una sombra corrupta del pasado que debía olvidar. Había llegado mi turno. Me tocaba ser feliz.

Quedamos a las 19h en el 510 de la calle Broome, en el Soho. Matthew vivía cerca y yo, una apasionada de esa zona de Nueva York, lo envidié por no poder permitirme un apartamento ahí. Cenaríamos en el *Aurora*, un restaurante italiano que yo había visitado un par de veces con Joana, puesto que su último apartamento estaba cerca del local.

—Estás guapísima —saludó, agachándose para ponerse a mi altura y sorprenderme con un beso en la mejilla.

—Y tú. Muy guapo, quiero decir —respondí torpemente.

Noté mis mejillas sonrojadas y le toqué el hombro. Duro como el acero, bajo una camisa de color azul marino. Su cabello castaño no estaba despeinado como horas antes, se había echado gomina y arreglado la barba. Él también se había puesto guapo para mí y me miraba de una forma atrayente que influía en mis ganas de quitarle la ropa. Pensamientos pecaminosos a parte, la velada fue perfecta y sirvió para conocernos en profundidad.

—Mis padres viven en San Francisco —me explicó—. Hace cinco años decidí mudarme a Nueva York. Siempre me ha gustado esta ciudad y tengo mucho más trabajo aquí.

—Nunca he estado en San Francisco, conozco la ciudad de verla en las películas. —Me reí y lo miré fijamente, dudando de si hacerle la pregunta que rondaba por mi cabeza desde el minuto uno en el que lo vi en la cafetería. ¿Por qué no? No tenía nada que perder—. Y dime, ¿con Joana has tenido algo? —Matthew pareció quedarse algo descolocado, miró hacia arriba y, absorbiendo un espagueti, negó con la cabeza.

—No... No, nada.

Sonreí. Era lo que quería escuchar, pero, aun así, dudé. Supe que me estaba mintiendo, que hubo algo entre ellos aunque solo fuera un lío de una noche. Pero era mejor así. Era mejor creer que no se había enrollado con mi amiga y que, por lo tanto, tenía vía libre. Joana estaba en París por tiempo indefinido y tenía tantas ganas de comprometerse como yo de correr desnuda por Central Park en pleno invierno. No era un obstáculo para mí.

—Tu respuesta me alivia.

—¿Por qué? —preguntó distraído.

—Porque a mí sí me gustaría tener algo contigo.

—Directa. Me gusta.

—¿Para qué andarnos con tonterías, Matthew?

Dos horas más tarde estábamos haciendo el amor en su apartamento. Tuve que disimular y reprimir mis ganas de mencionar a Josh mientras Matthew me penetraba. Más que una primera vez, hubo tal compenetración y cariño en cada caricia, que parecía que llevábamos haciendo el amor toda la vida. Al principio, Matthew era demasiado pausado, echaba de menos el lado salvaje de Josh, la locura de sus besos y sus incesantes mordiscos en mis pezones. Debía acostumbrarme a una nueva manera de hacer el amor. La manera de Matthew. Siempre con cariño, respeto y sumo cuidado. Me acostumbraría con el tiempo.

El tiempo: ese enemigo cruel en algunos momentos de nuestra vida también se convierte en nuestro mejor aliado cuando lo que queremos

119

realmente, es olvidar aquello que nos duele en el alma.

Gracias al tiempo y a Matthew, mis sentimientos por Josh menguaron y pude rehacer mi vida lo mejor que supe. Lo mejor que pude.

SANDRA

Sábado, 12 de octubre de 2013

Salgo del apartamento de Paul con un sentimiento de culpa inusual en mí. Me gusta el sexo, lo reconozco. Me gusta provocar, ir directa al grano y gustar a los hombres, aunque es la primera vez que le soy infiel a mi marido al sospechar que él también lo es. ¿Venganza?

La rabia se apodera de mí con tan solo imaginarlo en la cama con Joana. ¿Con quién si no va a estar? Pero Paul es el inspector que lleva el caso del asesinato de Josh y pienso que no ha sido una buena idea emborracharme y acostarme con él. Por la cara que ha puesto esta mañana, parecía no recordar nada; una lástima teniendo en cuenta que ha sido uno de los mejores polvos que he echado en mi vida. Dios mío. ¿De veras estoy pensando en eso?

Abro la puerta de mi apartamento observando cada rincón, por si a Matthew se le ha ocurrido volver. Pero ni rastro de él. Ni siquiera una nota o un mensaje en el contestador. De nuevo, olfateo el salón y el aroma no me resulta familiar. Como si una mujer con un perfume diferente al mío hubiese estado ahí. Corro hacia el armario del dormitorio para ver si Matthew ha pasado por casa a recoger sus cosas, pero todo sigue intacto. Tal y como lo dejé. Tal y como él lo dejó antes de irse. ¿Dónde demonios está? Lo llamo, pero su teléfono móvil está apagado o fuera de cobertura. Deseo verlo. Deseo abrazarlo y que todo vuelva a ser como antes. Lloro hasta que me quedo sin lágrimas y, cuando logro recuperarme, miro el reloj. Las 12h y tengo un mensaje en el buzón de voz de mi teléfono móvil.

«Hola guapa, ¿cómo estás? ¿Sabes algo de Matthew? Sabemos que está muy ocupado y odia hablar por teléfono, pero hace algo más de un mes que no da señales de vida. Espero vuestra llamada, parejita. ¡Un beso!»

Es la madre de Matthew y me derrumbo al escuchar su voz. Ella sabe que a su hijo no le gusta hablar por teléfono; su manera de comunicación habitual es por email. Rápido, cómodo y eficaz según las palabras de Matthew. Siempre ha sido un poco especial. Maniático, diría. No tengo fuerzas para hablar con ella y ni siquiera sabía que hacía un mes que Matthew no se ponía en contacto con sus padres. Empiezo a preocuparme. ¿Y si le ha pasado algo? ¿Y si estaba metido en problemas sin que yo supiera nada?

PAUL

Sábado, 12 de octubre de 2013

Aunque tengo el día libre, decido ir a comisaría. En mi mente, mi obsesión por Sandra no cesa y su cuerpo desnudo sigue presente en mi cabeza. Me persigue, no me la puedo quitar de encima. Quiero volver a estar dentro de ella y, la próxima vez, recordarlo sin alcohol de por medio. Hace tan solo una semana era feliz con Ana. Al menos eso creía.

Es un sábado extraño, un fin de semana en el que decido trabajar para estar ocupado en otra cosa que no sea en la zorra de la mujer con la que he pasado los últimos años de mi vida. Efectivamente, todo puede cambiar en cuestión de segundos y la vida puede ser muy distinta a cómo la conocíamos en tan solo una semana.

—¿Todo bien, jefe? —pregunta Stuart.

—¿Tenemos algo?

—No.

—Qué raro —digo con cierta ironía, que sé que Stuart no capta. Parece distraído, con la mente, al igual que yo, en otras cosas.

—¿Café?

—Sí —respondo, entrando en mi despacho.

Cinco minutos más tarde, Stuart se sienta frente a mí.

—Le he estado dando vueltas al coco —me dice, achinando los ojos y ajustándose las gafas—. Estoy casi convencido que el asesino de Parker trabajaba con él.

—Stuart, he estado investigando minuciosamente cada testimonio. Estuve en el funeral y no vi nada extraño. No creo que el asesino trabaje en DIC.

—Yo he averiguado algo que, por lo visto, no sabes.

—Sorpréndeme.

Fuerzo una media sonrisa que en realidad no quiero dedicarle y le doy un sorbo al café.

—Josh era el padre de la hija de su jefa, de Samantha Hemsley.

—¿Sí?

Me sorprende, pero no quiero hacérselo ver a Stuart. ¿Por qué demonios no lo he descubierto yo?

—La hija de Samantha apareció muerta en un callejón próximo a su apartamento de Upper East Side a los dos días de desaparecer. Fue en septiembre del año 2004. Tenía cinco años.

—Qué horror —me lamento—. ¿Se supo quién lo hizo?

—Nada.

—Y ahora Josh Parker aparece muerto en la agencia...

Intento pensar con claridad. Intento ver algo de luz en la oscuridad. Pero algo me lo impide. Tengo la mente completamente nublada, soy un inspector inútil y Stuart, por primera vez en toda su puta carrera policial, está muy por delante de mí.

—¿Qué opinas? ¿Crees que Parker tuvo algo que ver con la muerte de su propia hija? ¿Tal vez no le gustó descubrir que era su hija?

—¿Por qué supones que no lo sabía desde el principio, Stuart?

—Pura intuición, jefe. Pregúntale a tu amiguita, a lo mejor sabe algo.

—¿Mi amiguita?

—Sí, Sandra Levy. Está buena, ¿eh? Menudo polvo tiene la...

—Vete —le interrumpo enfurecido—. Sal de mi despacho ahora mismo.

Reviso los papeles que el imbécil de Stuart ha dejado encima de mi mesa. En ellos se abre de nuevo la investigación policial por el asesinato, nueve años atrás, de la hija de Samantha Hemsley. La muerte de la niña puede estar muy relacionada con la de su padre. La niña se llamaba llamaba Meredith Hemsley. En ningún momento la directora de la agencia contó con el apellido paterno y, lo más extraño de todo, es que, al interrogarla, no mencionó en ningún momento a Parker como el padre de su hija. ¿Por qué quiso ocultarme una información tan valiosa? ¿Acaso no lo sabe nadie?

El cadáver de la pequeña no tenía síntomas de violencia. Falleció por una ingestión masiva de pastillas y fue hallada muerta el día 5 de septiembre del año 2004. Llevaba dos días desaparecida. Por lo visto, la niñera se despistó unos segundos mientras la pequeña se columpiaba en el parque y no volvió a verla más. ¿Fue Parker culpable? Y si es así, ¿Samantha decidió vengarse nueve años más tarde? No tiene sentido, pero podría ser. Aunque por muy corpulenta e imponente que resulte Samantha, dudo mucho que ella sola hubiera podido con la pared acristalada y, mucho menos, rajarle el cuello a un tipo como Parker.

Decido no esperar al lunes para ir a la agencia a ver a Samantha y, sin contar con la ayuda de Stuart, cojo mi coche y me dirijo hasta su apartamento. Vive en un lujoso bloque de edificios enfrente de Central Park.

—Policía —le digo al portero, enseñándole la placa.

—¿Adónde va?

—Octava planta.

—¿Samantha Hemsley?

—Eso es.

—¿No vendrá a remover el pasado? La pobre lleva días muy afectada.

Lo miro, como queriéndole decir que no es de su incumbencia si vengo a remover el pasado o no, pero me limito a forzar una media sonrisa y subo por el ascensor sin quitarme al portero de encima.

Samantha tarda tan solo unos segundos en abrir. Aparece con una bata de seda color marfil y su melena negra recogida en un moño mal hecho. Sus ojos azules parecen haber estado llorando durante toda la noche y me pregunto qué es lo que pudo ver Parker en ella. Quizá años atrás era una mujer atractiva. A lo mejor he subestimado a Parker y era un tipo al que no solo le atraía el atractivo físico de las mujeres, sino que miraba más allá de un bonito y escultural cuerpo. Puede que me haya equivocado en la manera de ser de la víctima y no fuera tan capullo como lo parezco yo pensando solo en un bonito físico.

—¿Qué quiere? —pregunta de malas formas. Apesta a alcohol y a tabaco, no queda nada de la elegancia y majestuosidad con la que se deja ver en la agencia.

—Señora Hemsley, he venido a hacerle unas preguntas.

Suspira y con un gesto le ordena al portero que puede retirarse. Está acostumbrada a eso, a que cumplan sus órdenes con tan solo una mirada o un gesto. Me encuentro ante una mujer intimidante pero, a la vez, rota de dolor. Rota por dentro. Me invita a entrar en un amplio y luminoso vestíbulo indicándome, con un elegante movimiento de mano, que puedo ir hasta el salón y sentarme en un carísimo sofá de piel.

Miro con disimulo la decoración. Cada mueble ha debido costarle un riñón, incluidas la multitud de obras pictóricas que parecen sacadas de un prestigioso museo. Se respira arte por cada rincón, pero también petulancia. Me siento incómodo y deseo terminar cuanto antes.

—¿Whisky?

—No, gracias. No quiero nada.

Prefiero olvidarme del alcohol por unos días.

—¿Por qué no me dijo que el señor Parker era el padre de su hija?

Se queda pálida como la pared y termina sentándose torpemente en un sillón, no sin antes cerciorarse, con una mano, que el mobiliario no se ha movido de sitio. Coge la copa de whisky que, por lo visto, ya estaba bebiendo antes de que yo la interrumpiera, y empieza a llorar. Es un llanto desconsolado y yo, que busco culpables hasta debajo de las piedras, intuyo que también puede ser de arrepentimiento.

—Señora Hemsley, necesito...

—¡No me llame señora! ¡Maldito engreído! Váyase inmediatamente de mi casa —grita, fuera de sí.

—Samantha... —Intento tranquilizarla—. Sé que tuvo que ser muy duro... sé que tuvo que...

—¿Tiene hijos? —pregunta de repente, sin dejar que continúe con mi interrogatorio. Niego con la cabeza—. Entonces no tiene ni puta idea. Váyase, no tiene ningún derecho a estar aquí.

—Nos veremos el lunes.

Ha sonado a amenaza, lo sé. Contemplo sus ojos asustados, el temblor de sus manos al sujetar la copa de whisky y hasta puedo escuchar sus pensamientos: en ellos nombra a Josh. No lo olvida.

SANDRA

Sábado, 12 de octubre de 2013

He estado todo el día pensando en Matthew. Le he llamado mil veces, pero el teléfono sigue estando apagado o fuera de cobertura. Incluso he probado con los diversos números de teléfono que Joana ha tenido a lo largo de los últimos años, pero en cada llamada me ha salido una persona distinta. Ella y su vida bohemia; ella y su maldita traición.

A las 23:42h salgo de casa. Necesito dar una vuelta, emborracharme, qué sé yo... Sin amigos, sin marido, con un ex amante asesinado y un nuevo amante que lleva el caso, me siento un despojo humano. Cuando me detengo frente al local de copas *Jimmy*, donde me emborraché con Paul la noche anterior, dudando de si entrar o no, tengo que cerciorarme muy bien de que lo que me están mostrando mis ojos es real. Joana viene hacia mí con esa alegría característica suya.

—¡Sabía que te encontraría aquí! —exclama abrazándome. No respondo a su abrazo. No, no y no. Es la amante de mi marido, ¿cómo voy a abrazarla? ¿Cómo demonios puede ser tan retorcida?

—Joana —digo seriamente—. ¿Sabes algo de Matthew?

—¿Qué? ¿No está en casa?

—No te hagas la tonta, a mí no me la vas a dar. ¿Dónde está?

—Sandra, te aseguro que no lo sé. No me hables así, no tengo ni idea.

—El martes, cuando nos emborrachamos, venías de mi casa, ¿verdad? ¿Venías de tirarte a mi marido?

Mira al suelo. Suspira. Y entonces me mira a mí.

—Sandra... No es lo que crees.

—¿No? Y dime, ¿qué es lo que creo?

—Sí, venía de tu casa, pero no me tiré a tu marido porque no había nadie. Nadie me respondió a través del telefonillo.

—¿Matthew no estaba?

La empujo con rabia y frustración.

—Sandra, la otra noche no —responde, alzando las manos para protegerse de mí.

—¿La otra noche no? Entonces, ¿otra noche sí?

Mira hacia un lado y luego hacia el otro. No sabe dónde meterse. Veo miedo en sus ojos.

—¡Sí! —exclama nerviosa—. Cuando volví a Nueva York fui a verte, pero no estabas en casa. Fue hace dos semanas, antes de que nos viéramos. Te esperé durante dos horas pero trabajaste hasta tarde y...

—¿Te lo tiraste? —pregunté enfurecida—. ¿No podrías haberme llamado como una persona normal?

—¡Solo fue un beso!

—¿Solo un beso? ¿Por qué?

—¡No sé, Sandra! Porque sí, porque nos apetecía, por los viejos tiempos, supongo.

—¿Por los viejos tiempos?

Me quedo paralizada. La gente nos mira, incluido el portero de seguridad del local, que ya tiene entretenimiento durante unos minutos.

—Sandra, ¿no lo sabías? Matthew y yo estuvimos juntos antes de que él y tú...

—No. No lo sabía, nunca me lo dijo. Es más, me lo negó. Siempre me lo negó y tú tampoco me dijiste nada —digo entre dientes, aún enfurecida y con ganas de abofetearla, aunque ese no sea mi estilo.

Me siento como una idiota. Una idiota engañada durante nueve años por su mejor amiga y su marido.

—De verdad, solo fue un beso. Y no sé dónde está Matthew, no lo he vuelto a ver desde ese día. Desde hace dos semanas —sigue diciendo. Me teme, sabe que le deseo lo peor. Que en estos momentos me gustaría verla muerta o que jamás hubiera vuelto del lugar en el que vivía lejos de aquí.

«Quiero creerla. Quiero creerla. Quiero creerla. Pero maldita sea, no puedo. No puedo creerla.»

—Espero que me estés diciendo la verdad. —Respiro hondo. Intento tranquilizarme—. Y ahora vete —termino diciendo, como si le estuviera perdonando la vida.

—Si sabes algo de Matthew, dímelo. Me has dejado preocupada.

—Ten por seguro que vas a ser la última persona a la que le voy a decir qué ha pasado al final.

—Lo siento, Sandra... No sabes cuánto lo siento.

Veo cómo se aleja. Gira hacia la derecha y su silueta desaparece entre las sombras de la noche. Siento rabia e impotencia. Temor a que siga mintiéndome y, en realidad, sí sepa dónde está Matthew. Que la muy hija de puta se haya reído de mí. El portero de seguridad de *Jimmy* me mira, con la única intención de seguir pasándoselo bien. «¿Cuál va a ser la próxima jugada?», debe estar preguntándose.

—¿Qué coño miras? —le pregunto con desprecio. No responde, se ríe de mí—. ¿Qué miras? —insisto, esta vez alzando la voz.

Sigue riéndose y una rabia hasta ese momento desconocida, se apodera de mí. Me abalanzo contra él con el único fin de arrancarle los ojos de su asquerosa cara. Pero entonces, unos brazos me sujetan y me apartan del gorila que aún, desconcertado, se ríe de mí.

—Tranquila, Sandra. Tranquila...

Conozco esa voz. Me reconforta. Me abraza y el gorila deja de reír.

—Paul —logro decir.

La rabia desaparece. Da paso al dolor. También a las lágrimas y a la desesperación.

CAPÍTULO 8

PAUL

Domingo, 13 de octubre de 2013

Sandra me abraza con fuerza, necesita de mi calor, de mis brazos. Aún no consigo comprender cómo ha ocurrido. ¿En qué momento nos hemos empezado a necesitar? ¿En qué momento me he enamorado de esta mujer? Apenas la conozco, no sé sé nada de ella y, sin embargo, me siento mejor de lo que jamás me he sentido con Ana o con ninguna otra cuando estoy a su lado. La miro y quiero vivir. Por primera vez, en mucho tiempo, los días no me parecen grises a pesar de todo.

Lo que he visto me ha impactado. Ver el cuerpo delgado y frágil de Sandra abalanzándose con rabia sobre el gorila a las puertas de *Jimmy,* me ha dejado totalmente descolocado. Corro hacia ella con la intención de separarla de él, aunque poco podría haberle hecho a un tipo grande como ese.

—Está loca. Esta tía está loca —ha dicho el portero de seguridad de *Jimmy.*

—Vete a la mierda —le he dicho, con la intención de llevarme a Sandra lejos de ahí.

Está temblando, apenas le sale la voz.

—¿Damos un paseo? —propongo.

—Mejor vamos a tu apartamento. Si no te importa... —sugiere en un débil murmullo.

Asiento y, con mi brazo rodeando su cintura, la llevo hasta mi apartamento. Hace tan solo unas semanas, a esas horas, dormía plácidamente en la cama junto a mi mujer. Ahora estoy llevando a una desconocida con la que ya he hecho el amor cuando estaba ebrio y deseo volver a acostarme con ella. Pero lo que realmente quiero es consolarla y hacerle saber que puede contar conmigo.

—¿Me puedo sentar en el sofá? —pregunta tímidamente. Sigue temblando, aunque las lágrimas han desaparecido.

—Claro, como si estuvieras en tu casa. ¿Te apetece una taza de chocolate caliente?

—¿Tienes whisky? Necesito algo fuerte.

—Sí.

—¿Tú no bebes? —me pregunta, con una sonrisa bobalicona.

—No, hoy no...

—¿Quieres recordar lo que pase?

—Me gustaría, sí. —Ahora el que sonríe como un idiota soy yo—. ¿Qué ha pasado, Sandra?

Niega con la cabeza. No quiere hablar y, para evitar hacerlo, me agarra de la nuca con fuerza y me besa. Con pasión, con furia y desesperación.

—Sandra, ¿estás bien? No quiero... así no.

—¿Así cómo?

—Estás llorando y temblando. Dime qué pasa. ¿Tiene algo que ver con Josh?

Dudo de si es el momento adecuado para explicarle lo de Samantha, aunque quiero averiguar si era algo que ella ya sabía.

—No tiene nada que ver con Josh. He discutido con una amiga, solo eso. Ese gorila se ha reído de mí y he perdido los papeles.

—¿Por qué te has peleado con tu amiga?

—Por una tontería.

Miente. Lo sé porque no me ha mirado fijamente a los ojos y, a su vez, se ha rascado disimuladamente la nariz.

—No ha sido una tontería —replico.

—Será mejor que me vaya.

—No. No te vayas, Sandra. No voy a hacerte más preguntas, te lo prometo.

Me mira, le da un trago al whisky y lo deja en la mesa. Agresiva, me tumba en el sofá, abre sus piernas y se coloca encima de mí. Con una mano sujeta uno de mis brazos inmovilizándolo por completo; con la otra, desabrocha la cremallera de mi pantalón y me toca la polla erecta.

Sonríe maliciosamente, me besa el pecho, el ombligo y baja más para empezar a hacerme una felación. Minutos después, estoy en el interior del cuerpo de la Diosa y al fin recuerdo cada recoveco de su piel. De sus besos, de su tacto, de su esencia.

Al despertar, Sandra no está al otro lado de la cama. Aún adormilado, voy a la cocina y la encuentro desnuda preparando café. Podría acostumbrarme a eso. Podría acostumbrarme a levantarme cada mañana con Sandra y que ella anduviera como su madre la trajo al mundo deambulando por mi apartamento.

—Buenos días —saludo.

—¿Café?

—¿Qué hora es?

—Las once de la mañana. Se nos han pegado las sábanas —ríe.

—¿Estás mejor?

—Sí, muchas gracias Paul.

—¿Vas a contarme qué pasó? Todavía no lo sé.

—Prefiero no hacerlo. Fue una discusión entre amigas, solo eso.

—¿No tiene nada que ver con Josh? —insisto.

—Ya te dije que no —responde pacientemente.

Bebemos café en silencio. Pero no es un silencio incómodo, sino todo lo contrario. La miro, me mira y se ríe.

—¿Quieres que hagamos algo hoy? No sé... un picnic en Central Park, por ejemplo. Cada domingo de otoño, cuando era un niño, mis padres me llevaban de picnic a Central Park.

—Encantador. Pero tengo cosas que hacer.

Su respuesta me decepciona. Parece estar evitándome.

—Mañana a primera hora iré a la agencia.

—¿Y eso? —pregunta, abriendo mucho sus ojos verdes.

—Tengo una sospechosa.

—¿Sí? ¿Quién? —quiere saber, mostrándose entusiasmada como si se tratase de un juego.

—Samantha Hemsley.

—¿Samantha? No, no puede ser.

—¿Sabías que tenía una hija de Josh?

Quiero estudiar cada centímetro de la expresión de su rostro al conocer la información. Abre ligeramente la boca, entorna los ojos y no le salen las palabras, así que decido continuar.

—La hija de Samantha y Josh apareció muerta en un callejón de Upper East Side en septiembre del año 2004. La asesinaron, por lo visto, por una ingesta masiva de pastillas. ¿No sabías nada? Ya trabajabas en DIC, ¿verdad?

Palpo su tensión y desconcierto. Está haciendo un esfuerzo por recordar algo que desconozco y sigue sin decir ni una sola palabra.

Le duele, la información le ha caído como un jarro de agua fría cuando menos la esperaba.

Imagino que algunas dudas se disipan y también duele comprobar que, la persona a la que has amado en algún momento de tu vida, se convierte en una auténtica desconocida.

O lo que es peor: en un Monstruo.

SANDRA

Septiembre, 2004

Estaba en mi mejor momento. Al fin había conocido al que creía que era el amor de mi vida y el trabajo iba bien. Tener un sitio al que ir cada mañana y una nómina al mes, es seguridad. Tener a alguien a quien abrazarte cada noche, es suerte. Es por eso que los problemas ajenos no me importaban y mucho menos si concernían a Josh. Nuestra relación era estrictamente profesional y, una parte maliciosa de mí, se alegraba de que su romance con Charlotte no fuese bien. Últimamente se les veía distantes y Josh nunca había vuelto a mencionar nada de lo nuestro.

Me había olvidado. Y yo a él. Fin de la historia.

Pero sí es cierto que, desde hacía tiempo, Josh estaba más tranquilo. Ya no se quedaba a trabajar hasta tarde y parecía tener otras prioridades antes que ser el mejor creativo publicitario de la ciudad.

Me fijé en que visitaba con más frecuencia el despacho de Samantha. Yo les observaba desde mi cubículo intuyendo que había algo entre ellos dos, aunque nunca llegué a ver nada raro. Conversaciones normales y sí, tal vez otras más subiditas de tono, puede ser. ¿Quién no las tiene? Tratándose de una agencia de publicidad de gran prestigio en Nueva York con cierta competencia, siempre hay tensión; todos y cada uno de los proyectos en los que trabajamos deben ser perfectos.

Samantha presionaba a Josh y Josh era un genio.

Sin embargo, hubo un antes y un después en DIC y fue, efectivamente, en septiembre del año 2004. Samantha Hemsley dejó de venir a la agencia de la noche a la mañana sin dar ninguna explicación y Josh ocupó su despacho y su cargo, compaginándolo con su trabajo de siempre como creativo. Más silencioso de lo normal, más apagado y triste; se había convertido en la sombra de lo que fue. No tenía nada que ver con el hombre fogoso y apasionado que yo conocí. Había perdido peso y había días en los que parecía que no estuviera. Nadie supo qué fue lo que le pasó a Samantha. Su importante cargo en la agencia, además de proceder de una importante familia de la clase alta neoyorquina, ayudaron a que la escabrosa noticia no saliera a la luz.

Samantha volvió en enero del año 2005. Mucho más gorda, más vieja y demacrada. Tampoco ella parecía la misma directora ejecutiva que conocíamos todos. Veinte años se le habían echado encima y nadie supo el por qué.

SANDRA

Domingo, 13 de octubre de 2013

—¿**S**andra?

Paul llama mi atención dándome un toquecito en mi hombro aún desnudo, escudriñándome con la mirada.

—¿Qué?

—Llevas callada cinco minutos. ¿En qué piensas?

—No sabía nada, Paul —respondo, encogiéndome de hombros. La información me ha sobrecogido de tal forma, que temo que las palabras no puedan salir con normalidad de mi boca—. Precisamente en esos días, Samantha desapareció un tiempo y Josh ocupó su puesto. Pero no sé nada más, nadie sabía nada.

—¿Crees que Josh estuvo relacionado con la muerte de su hija?

—Por Dios, Paul... No. Josh no era un asesino, jamás podría haber hecho algo así y menos a su propia hija. Y también pongo la mano en el fuego por Samantha. No, me niego. No puede ser.

—Investigué alguno de los cabellos que recogí de la sala de reuniones en la que apareció Parker. Sé a quienes pertenecen y ninguno tiene antecedentes criminales ni nada por el estilo. No puede haber sido otra persona, Sandra. Apostaría a que ha sido Samantha. Dudo que fuera ella quien cometiera el crimen, pero sí mandó a unos cuantos matones para hacer el trabajo sucio por unos cuantos dólares. Ha sido una venganza por la muerte de su hija. Si Josh fue su asesino, es algo que jamás sabremos con seguridad.

—Me tengo que ir, Paul. Esto es demasiado, esto es...

Corro hasta el dormitorio de Paul y me visto rápidamente. Quiero salir de este apartamento, necesito huir y olvidarme de Josh. ¿Cómo es posible? ¿Josh y Samantha? Sucedió antes de que yo empezara a trabajar en DIC. Fruto de ese romance o de esos esporádicos escarceos pasionales, nació una niña. Una niña a la que asesinaron. Me estremezco con solo pensarlo; quiero vomitar. Al fin llego a mi apartamento, me tumbo en la cama y cierro los ojos para desaparecer por un momento de la pesadilla a la que me enfrento. Una pesadilla que, muy a mi pesar, decide perseguirme también en sueños.

«Quieta Sandra. Quieta», me dice una voz infantil. «Van a ir a por ti. ¡Cuidado! Ya vienen,

Sandra... están cerca. Muy cerca.» Estoy asustada, desnuda y en posición fetal sobre un suelo árido y caliente. Mi piel está ardiendo; duele, pero no me importa. A mi alrededor solo hay oscuridad y, de repente, el negro se tiñe de rojo. Es sangre, sangre de los muertos. Y los muertos vienen a por mí. «¡Corre! ¡Corre, Sandra, corre!», grita la niña. «Ya es tarde, Meredith. Ya es muy tarde», le digo yo. Cierro los ojos. Mi sueño llega a su fin y, al despertar, contemplo la espalda desnuda de Matthew en su lado de la cama. Aún sobrecogida por el inquietante sueño que he tenido, hay una pregunta que me está martirizando. «¿Por qué sé su nombre?» Estoy convencida que Paul no me dijo en ningún momento cómo se llamaba la hija de Samantha y Josh. Meredith... Meredith. Su nombre resuena en mi cabeza y mil alfileres se clavan en mi corazón.

—Matthew... Matthew... —le susurro al oído.

Al girarse, Matthew no es Matthew, sino Josh. La pesadilla no ha terminado. Sus penetrantes ojos azules inyectados en sangre me miran y sus labios, agrietados de un desagradable color morado, se acercan a los míos con desesperación. De su cuello no para de brotar sangre; empieza a emitir sonidos extraños que no logro entender. Me aterra y grito. Grito sin poder parar hasta que todo desaparece.

Y me despierto, pero esta vez de verdad.

Son las 17h del domingo. No he comido nada en todo el día y me siento débil, sin fuerzas. No quiero dormir, pero tampoco quiero estar despierta. Miro mi teléfono móvil como si este pudiera darme todas las respuestas que necesito, pero permanece en silencio burlándose de mí. Pienso en Joana, en la discusión que tuvimos anoche y en la sinceridad de sus palabras. No, ella no sabe dónde está Matthew. Decía la verdad, estoy convencida que decía la verdad. De repente, siento pánico al pensar que Matthew puede estar involucrado en el asesinato de Josh. Extraño, sí. Pero posible. Cierro los ojos y visualizo la última vez que vi a Josh. Mi mente rememora el momento en el que estrujaba mis senos y lamía mi cuello acorralándome contra la pared acristalada de la sala de reuniones. Me excito solo de recordarlo y eso hace que me sienta enferma. Salgo de la sala en dirección al ascensor y veo una sombra. Es un hombre, de la misma altura que Matthew, puede que con su mismo color de cabello y su rostro, aunque no lo alcanzo a ver. Estaba tan asustada, que lo único que quería era desaparecer y volver a casa. Puede que Matthew nos viera y que, enfurecido por lo que acababa de ver, decidiera terminar con la vida de mi acosador.

Abro los ojos y lloro. No, Matthew no puede ser un asesino. No he podido estar nueve años de mi vida con un asesino. No, no, no.

17:30 horas.

Decido llamar a Paul. No puedo contarle lo que he visualizado; lo que algún recoveco de mi mente dormida ha podido recordar de la noche en la que mataron a Josh. No quiero que le pase nada a Matthew y tampoco quiero que Paul sepa que estoy casada y, este segundo motivo, me ofusca y me hace sentir una mala persona al haber traicionado a mi marido con otro hombre.

—Paul, ¿cómo se llamaba la niña? La hija de Samantha y Josh —quiero saber.

—Meredith.

«Meredith». La he nombrado en mis sueños, pero ¿por qué? ¿Cómo era posible saber su nombre si jamás lo había escuchado?

—¿Por qué, Sandra? ¿Has recordado algo?

—No, era simple curiosidad.

—¿Estás bien? ¿Quieres quedar?

Dudo. Soy una enferma infiel que desea quedar con el hombre que espera una respuesta al otro lado de la línea telefónica. Una ninfómana que quiere estar con él y así, tal vez, olvidar a Josh, a Matthew y a la pequeña que ha aparecido en escena para abrir viejas heridas del pasado que nunca han dejado de estar presentes.

—Sí —respondo–. En quince minutos estoy en tu apartamento.

Cuelgo el teléfono y no puedo evitar sonreír. Voy hasta el cuarto de baño y miro mi rostro demacrado en el espejo. Las lágrimas han dejado sus huellas hinchándome los ojos y mi piel está seca y blanca como la pared. Mientras me aplico un poco de crema hidratante, oigo un incesante goteo que procede del estudio. Otra vez las pesadillas solo que, esta vez, sé que estoy despierta. Sigilosamente, me acerco al estudio apenas a unos metros de distancia del cuarto de baño y abro la puerta. Al abrir, no puedo creer lo que estoy viendo. Son fantasmas o imágenes creadas por mi imaginación, pero las veo con claridad, como si de verdad estuvieran sucediendo pese a saber que eso no es posible. Josh está situado contra la estantería repleta de libros, mientras Matthew, con los ojos inyectados en sangre, lo agarra por el cuello levantándolo del suelo. Ambos me miran y ríen. Ríen como locos al verme asustada. Emito un pequeño chillido y cierro la puerta de golpe; corro hasta la cocina, me tomo un tranquilizante y vuelvo al cuarto de baño para acabar de arreglarme. Respiro hondo y decido no volver a mi apartamento por unos días. La ausencia de Matthew va a terminar con mi cordura; siento que voy a enloquecer de un momento a otro y, mientras voy de camino a casa del inspector, llamo una vez más al que aún considero mi marido, y le dejo un mensaje desesperado en el contestador.

—Matthew, sé la verdad. No huyas, por favor. Podemos hablarlo. Podemos arreglarlo. Ven a casa. Te quiero.

PAUL

Domingo, 13 de octubre de 2013

Sandra aparece en la puerta de mi apartamento con unos tejanos desgastados y una sudadera que le va grande de color gris. Parece preocupada y sus ojos muestran signos evidentes de que han estado llorando.

—Sandra, siéntate y cuéntame toda la verdad.

—No tengo nada que contar, Paul —responde nerviosa, jugueteando con un mechón de su cabello.

—¿Seguro? No quisiera enterarme por otras vías que me ocultas información.

—He tenido sueños. —Niega con la cabeza y se alborota un poco el cabello. Quiere olvidar, quiere que pase todo esto y yo también—. Por eso te he preguntado por el nombre de la niña. No sé cómo, pero lo sabía, Paul. Sabía su nombre. Meredith... Meredith... —repite una y otra vez en un murmullo.

—Es posible que Josh te lo contara y tú lo olvidaras.

—No. No es posible.

—Mira, me gustas, Sandra. Me gustas mucho, por si aún no te has dado cuenta. Pero sé que me ocultas algo y quiero saber qué es. Sabes más de lo que dices, estoy convencido de ello. ¿Viste algo la noche en la que asesinaron a Josh?

Se lleva la mano al corazón y empieza a llorar desconsoladamente.

—Tranquila...

Me acerco a ella y la rodeo con mis brazos. No puedo ignorar mi instinto de protección ante su debilidad, pero temo que no esté diciendo toda la verdad. Los minutos se ralentizan y quisiera quedarme así para siempre. Tenerla entre mis brazos, sentir su aroma a lavanda y acariciar su melena pelirroja.

—Samantha pagara por ello, ¿verdad? —me pregunta, mirándome a los ojos.

—Si fue ella sí —respondo contundente.

Asiente y parece tranquilizarse. Me besa y volvemos a hacer el amor. Me tiene atrapado, me tiene en sus redes. Me ha convertido en un adicto a su piel.

CAPÍTULO 9

PAUL

Lunes, 14 de octubre de 2013

Ya es de día y sonrío al ver a Sandra aferrada a mi cuerpo desnudo. En esta ocasión, soy yo el que se levanta primero a preparar café. Las siete de la mañana. Hoy me espera un día duro. No me apetece volver a enfrentarme con la mirada deprimente de Samantha, pero voy a pedir una orden judicial y es muy probable que, si no colabora, acabe en prisión.

Sandra viene a la cocina minutos más tarde. Se ha puesto sus viejos tejanos y la sudadera ancha. Tiene mala cara y le pregunto si quiere café. Asiente y le da el primer sorbo en silencio, mientras yo la miro atentamente.

—¿Vas a la agencia? —pregunta.

—Antes tengo que pasar por comisaría a por una orden judicial.

—¿Samantha está detenida?

—Aún no. No hasta que la interrogue y espero que colabore. Estuve en su apartamento el sábado y me echó de allí a patadas.

—Entiendo... tuvo que ser duro para ella perder a su hija de esa manera —murmura pensativa—. Pero no fue Josh. Me niego a creerlo, Paul. Josh era bueno... sí, algo lunático y quizá estaba enfermo si había heredado la esquizofrenia de su madre, pero me niego a creer que acabara con la vida de una pequeña. De su propia hija.

—¿Has escuchado alguna vez la historia del lobo, Sandra? —Me mira interrogante—. Un viejo indio —empiezo a explicar—, estaba hablando con su nieto y le decía: «Me siento como si tuviera dos lobos peleando en mi corazón. Uno de los dos es un lobo furioso, violento y vengativo. El otro está lleno de amor y compasión.» Y el nieto preguntó: «Abuelo, ¿dime cuál de los dos lobos ganará la pelea en tu corazón?» Para finalizar, el abuelo le contestó: «Aquel que yo alimente.» Sandra, todos tenemos un lobo bueno y otro malo en nuestro interior. No podemos saber, ni siquiera intuir, de lo que son capaces de hacer las personas que nos rodean.

Cabizbaja, Sandra termina su café y, sin decir nada, se va.

Dos horas más tarde, me presento en la agencia DIC con una orden judicial para Samantha. Estoy

153

con Stuart, que instantes antes me ha sometido a un interrogatorio queriendo saber por qué fui hasta el apartamento de la directora el sábado sin él.

—Si Samantha es la asesina de Parker, he sido yo el que ha resuelto el caso, jefe —me ha dicho amenazante—. No sé dónde has tenido la cabeza esta semana Tischmann, pero soy yo el que he descubierto cosas que a ti se te han pasado por alto.

He querido pegarle un puñetazo y estamparlo contra la pared. Pero en realidad tiene razón. No sé dónde he tenido la cabeza desde que pillé a mi mujer con otro hombre. Desde que conocí a Sandra, a la que aún no veo por la agencia. Lentamente, junto a Stuart, abrimos la puerta del despacho de Samantha. Habla por teléfono y, en cuanto nos ve, corta la comunicación. Ignora a Stuart y me mira fijamente con un odio que ya esperaba.

—Traigo una orden judicial —le digo—. ¿Va a responder ahora a las preguntas que quiero hacerle? ¿O voy a tener que llevarla a comisaría por las malas?

—Haga lo que quiera —responde, poniendo los ojos en blanco y encogiéndose de hombros. Miro sus manos. Ni rastro de cortes o heridas superficiales producidas por la ruptura de la pared acristalada que ya se han apresurado a cambiar.

—Señora Hemsley, ¿por qué no nos contó que tenía una hija del señor Parker? —se adelanta el buitre de Stuart.

—¡No me llame señora, maldita sea! —grita enfurecida Samantha, levantándose de su asiento—.

¿Ve a esta niña? ¿La ve? —pregunta violentamente, mostrándonos la fotografía en la que aparece con su hija. Efectivamente, corrieron tiempos mejores para Samantha. Tiempos en los que su figura era delgada y deseable, y la piel de su rostro parecía tener un tacto aterciopelado que ahora no se ve—. Esta niña está muerta. Y la puta policía no sabe quién la mató.

—¿Pero usted cree que fue el señor Parker? —pregunto tranquilo. Hasta ahí quería llegar. Niega. Luego asiente. Llora, gimotea, mira la fotografía—. Por eso lo mató nueve años después del asesinato de su hija.

No ha sido una pregunta, sino una afirmación. Levanta la cabeza de la fotografía y me mira aterrorizada.

—¿Yo? ¿Matar a Josh? ¿De verdad lo cree?

Sandra entra en escena sin que ninguno de los presentes lo esperásemos. Se ha maquillado; muestra de nuevo un buen aspecto y se ha deshecho de sus tejanos desgastados y la sudadera gris grande con la que se ha ido de mi casa. Va vestida con una elegante falda de tubo de color negro y una camisa blanca escotada. Mira a Samantha fijamente, casi podría decir que amenazante; la señala con el dedo y empieza a hablar sin ocultar la rabia.

—Tú Samantha. Fuiste tú. Yo te vi —la ataca, segura de sí misma, mientras se acerca a la directora.

—¿Qué dices, Sandra? ¡Claro que no fui yo!

Una risa nerviosa se apodera de Samantha. Stuart y yo las miramos como si de un partido de tenis se tratase.

—Josh intentó abusar de mí. Estaba asustada y tan ofuscada, que no he recordado hasta esta mañana todo lo que realmente ocurrió. Te vi en el momento en el que iba a coger el ascensor pero no lo recordaba. Y ya dentro, mientras bajaba hacia el parking, escuché el estruendo al romperse la pared acristalada. No había nadie más en la agencia, solo tú. Tú mataste a Josh —termina confesando.

La creo, pero veo a Stuart dudar.

—Samantha, acompáñenos a comisaría —digo, mirando a Sandra.

—¿Estoy detenida?

—Sí —afirma Stuart, sacando unas esposas de su pantalón.

Sandra nos acompaña hasta la salida de la agencia y, lo que no esperamos, es ver a cámaras de televisión y a periodistas acosándonos mientras nos llevamos a la directora de la agencia publicitaria DIC. Con calma e ignorando a la prensa, obligamos a Samantha a meterse en el interior del coche policial.

Algunos periodistas, mirando directamente a las cámaras que nos enfocan, hablan sobre la resolución del caso del asesinato del famoso director creativo Josh Parker. Mierda. Estamos en directo. ¿Quién se nos ha adelantado? ¿Quién sabía que pasaría esto?

Sandra me mira y sonríe. Parece satisfecha por lo que ha hecho y feliz por haber recordado y habernos ayudado en el caso.

—Gracias —le digo.

—Esto merece al menos una cena, ¿no? —propone, aun sabiendo que las cámaras la están enfocando.

—Te llamo luego.

Con rapidez, me sitúo frente al volante y miro a Samantha a través del retrovisor. Está aterrada, no queda nada de la mujer poderosa y segura de sí misma que conocí hace casi una semana. No entiende lo que ha sucedido y lo cierto es que no tenemos más pruebas que un terrible pasado, una unión que se había ocultado por varios intereses aún desconocidos y el testimonio claro y seguro de Sandra. Stuart duda. Yo también empiezo a hacerlo.

SANDRA

Lunes, 14 de octubre de 2013

Bien, han picado el anzuelo. Esto me dará tiempo para encontrar a Matthew y hablar con él. Una parte de mí está enfurecida porque no ha querido confiar en mí y decirme que asesinó a mi jefe, muy probablemente por la furia que sintió al verlo queriéndose aprovechar de mí. Por otro lado, siento alivio. Alivio al saber que no está con Joana, que no se ha fugado con ella. Me ha abandonado por fuerzas mayores, pero me sorprende que no haya ido a San Francisco con sus padres y me angustia la falta de información. Ahora entiendo el motivo por el que rehuyó a mi pregunta cuando le insinué que había estado con ella. ¿Cómo iba a decirme que había matado a un hombre? ¿Quién es capaz de hacer algo así? Un escalofrío recorre mi cuerpo con tan solo imaginarlo. Joana no lo encontró en casa esa noche. Fue rápido y eficaz. Cuando yo llegué, después de mi borrachera con Joana, Matthew ya dormía en nuestra cama. Recuerdo las horas. Me fui de la oficina sobre las 21:30h, estoy segura que vi su sombra antes de subir al ascensor. El asesinato ocurrió entre las 22h y las 23h según Tischmann. Yo llegué a casa a las 23:50h después de estar arrastrándome durante diez minutos por la calle, aunque solo haya una distancia de tres pasos del local a mi portal. Y a las 23:54h, con Matthew a mi lado, me dormí. Por lo tanto, tuvo tiempo suficiente para acabar con la vida de Josh.

Esquivo las cámaras de televisión y a los periodistas amontonados en la entrada del edificio y subo hasta la agencia. Todos me miran sin entender qué es lo que ha pasado.

—Vamos a trabajar un poco, ¿no? —pregunto, adueñándome de inmediato del lugar.

Lisa se acerca a mí. Insegura y cabizbaja, habla despacio y muy bajito.

—Sandra, ¿qué es lo que ha pasado exactamente?

—He recordado. Simplemente eso, Lisa. He recordado que Samantha estaba aquí y fue quien mató a Josh —me lamento. Soy una mentirosa compulsiva, nunca se me ha dado mal, no del todo. Lisa me cree, abre la boca y los ojos en exceso; su presencia está empezando a ponerme nerviosa—. ¿No tienes trabajo, Lisa? Venga, a trabajar.

—Sí, jefa —responde, con una media sonrisa forzada, volviendo a su cubículo.

Miro el despacho desocupado de Samantha. Y el de Josh. Se me hace raro no verlos ahí dentro mientras siento las miradas de todos mis compañeros. Es el momento de abandonar mi cubículo y trasladarme al despacho para ocupar mi nuevo cargo como directora creativa de la agencia. Aunque sé que si descubren la verdad, duraré apenas dos días en el puesto y de nada habrá servido perder el tiempo con la «mudanza». Me siento una sucia traidora que lo ha arriesgado todo por amor, sin saber si realmente Matthew lo merece. Se ha convertido en un cobarde, en un auténtico desconocido para mí. Teníamos una vida perfecta y lo ha tenido que destrozar todo... Todo. Pero lo ha destrozado todo por mí, por querer hacerme sentir a salvo. Parezco entenderlo todo y, sin embargo, hay muchas cosas que se me escapan. Detalles, quizá insignificantes, que no logro comprender. A lo mejor estoy equivocada y prefiero pensar que Matthew es un asesino sin piedad, antes que un marido infiel que me ha abandonado por mi mejor amiga.

Intento centrarme en el trabajo, aunque sé que mi puesto pende de un hilo. Organizo el despacho y llamo a clientes. Todos siguen pendientes de mí. A las 12h convoco a Lisa y a Nicole para una pequeña reunión. Las noto distantes; entran a mi nuevo despacho descolocadas y cabizbajas; siguen afectadas por la muerte de Josh. Yo también, pero intento disimularlo por mi bien y el de Matthew, esté donde esté.

—Chicas, sé que es duro. También sé que hemos perdido clientes y todo el trabajo de la campaña se ha ido al traste por lo ocurrido. Pero debemos ser optimistas y confiar en que todo va a ir bien —comento, intentando animarlas.

—Sandra, ¿por qué se han llevado presa a Samantha? —quiere saber Lisa.

—Te lo he dicho —repito. «¿Eres idiota o te lo haces?»—. He logrado recordar, Lisa. También me parece imposible, pero fue ella... Ella mató a Josh.

—No me lo creo —niega seriamente Nicole—. ¿Qué ocultas, Sandra?

Respiro hondo e intento calmar mis nervios. Me tiemblan las rodillas, fuerzo una sonrisa e intento ser sincera con ellas.

—Samantha y Josh tenían una hija.

—¿Qué? —preguntan al unísono, perplejas.

—Hace nueve años asesinaron a su hija. Fue cuando Samantha estuvo unos meses sin venir, ¿lo recordáis? —Asintieron con la boca abierta, escuchándome con atención—. Esa noche Josh intentó abusar de mí. Así que huí, atemorizada y con la mente nublada. Pero he tenido sueños y mi mente poco a poco se ha ido abriendo hasta que, finalmente, ha recordado. Y sí, vi a Samantha. Y al bajar por el ascensor en dirección al parking oí un estruendo y... No sé, imagino que...

Me pongo a llorar desconsoladamente. Recuerdo las veces en las que me ponía a llorar en clase cuando suspendía un examen, y al profesor le daba tanta lástima, que me subía la nota y aprobaba. Es una táctica infalible, siempre funciona.

Nicole y Lisa se compadecen de mí. Se levantan y acarician mi espalda a modo de consuelo. No las veo, pero sé que se miran entre ellas y piensan de mí que soy una heroína que, durante casi una semana, lo ha debido pasar muy mal en soledad. Soy una víctima más.

—Ay, Sandra... lo siento mucho. Con lo que has pasado no mereces esto. Tú no —se apiada Lisa.

La miro extrañamente, pero decido continuar con la función. Les digo que todo saldrá bien y que continúen con su eficacia en el trabajo, que las tres formaremos el mejor equipo creativo de la agencia. Y, lo que tenga que venir, vendrá.

CAPÍTULO 10

JOHN PECK

Martes, 15 de octubre de 2013

La vida de un inspector no suele ser tan interesante como la pintan en las películas. Ya no hablemos de la vida de un inspector retirado en una casita de tejas verdes al lado de las playas de Malibú, por las que Melinda y yo paseamos al atardecer. Es martes, aunque bien podría ser domingo; para nosotros todos los días son festivos.

Como cada mañana, me levanto a las 7h, desayuno un café con leche y unas tostadas integrales con mermelada de frambuesa *light* en el porche. Agradecemos la brisa marina acariciando nuestra envejecida piel. Hablo con mi mujer acerca del tiempo, o de lo desértico que parece todo en octubre a pesar del buen tiempo, después de un verano hasta arriba de turistas en la zona. Sin embargo, hay un tema que me inquieta desde hace días. Sin bien es cierto que siempre fui un tipo duro con Paul Tischmann, con el paso de los años lo consideré como el hijo que Melinda y yo nunca tuvimos. Paul fue esa clase de ayudantes que te llevan la contraria cuando confían en sí mismos y que, cuando se equivocan, saben rectificar y pedir perdón.

Trabajador, honesto, generoso y responsable, aunque con poco sentido del humor y algo tosco cuando alguien no le cae bien, Paul fue el mejor ayudante que tuve. Por supuesto, hace años que vuela libre y ha tenido que verse involucrado en difíciles casos sin mi ayuda o compañía. Pero sé que el caso en el que está trabajando, el del extraño asesinato de un importante creativo publicitario de una agencia de Nueva York, lo trae por el camino de la amargura. ¿Cómo es posible que no tengan absolutamente nada? ¿Cómo es posible que el asesino sea tan perfecto que no haya dejado ni una sola huella? Ayer lo llamé. Varias veces. Pero no contestó a mis llamadas, por lo que imagino que andará liado.

—¿Qué tienes previsto hacer hoy, cariño? —me pregunta Melinda, con su sonrisa encantadora, achinando sus arrugados ojos azules, que en otros tiempos eran redondos y grandes. Siguen siendo los más hermosos a mi parecer a pesar del tiempo. A pesar de todo.

—Hay que regar el jardín. Tengo unas hortensias que debo plantar. Escribiré un par de capítulos sobre el inspector Valovsky y miraré la televisión. Hace días que no veo la televisión —le cuento.

—Y te hace bien, John. Recuerda lo nervioso que te pones cuando sabes que Paul está investigando asesinatos horribles que aparecen en las noticias. Debes cuidar tu corazón.

—Sí, Melinda, sí... —Resoplo—. ¿Me pasas el azúcar?

—Mejor sacarina, Peck.

Me guiña un ojo, me da un sobrecito de sacarina y se aleja contoneando sus prominentes caderas bajo su vestido floreado preferido.

Durante dos horas cuido de mi jardín. Una afición que me entretiene y valoro después de toda una vida encerrado en un cuchitril de Nueva York. Las hortensias quedan muy bien junto al pequeño limonero que planté hace tres semanas.

A las 10h, entro en mi pequeño despacho con vistas al mar y escribo un par de capítulos de una novela policiaca que parece no terminar nunca. Aún no sé quién es el malo, así que es probable que la alargue hasta que se convierta en un bodrio infumable.

A las 12h, mientras Melinda prepara un guiso que desde el salón huele que alimenta. Me acomodo en el sillón dispuesto a ver qué se cuece por el mundo con una cerveza bien fresquita sin alcohol. Cambio de canal instintivamente, haciendo un recorrido por programas que intentan venderte bastones con amortiguación; culebrones en los que dos rubias de pote se sacan los ojos mientras hombres macizos galopan a caballo por fincas interminables y llego al canal de noticias donde me detengo. Guerras, terremotos, crímenes pasionales... Madre de Dios. Cómo está el mundo. Loco de atar. Este mundo se va a la mierda. Y, de repente, unas veloces imágenes llaman mi atención. La voz aterciopelada de la presentadora suena de fondo explicando que ayer se llevaron a comisaría a Samantha Hemsley, la directora de la agencia publicitaria DIC, como sospechosa del asesinato del creativo Josh Parker.

Miro con orgullo a un serio y algo más demacrado que de costumbre Paul Tischmann y, tras él, ella. Abro bien los ojos por si me estoy confundiendo, pero no me cabe la menor duda.

¿Cómo olvidar esos asustadizos ojos verdes, esa tez pálida y su característica melena pelirroja que tantas veces ha cambiado de color? Necesito hablar urgentemente con Paul. ¿Qué hace ella ahí? ¿Con él? ¿Qué tiene que ver en todo eso?

—¡John! ¡La comida está lista! —grita Melinda desde la cocina.

Ni siquiera puedo articular palabra. Vuelven fantasmas del pasado que creí olvidados y enterrados. Tengo la necesidad de volver a la acción, aunque solo sea por un día, por unas horas. Mi cabeza, que ya no es lúcida como años atrás, ha recordado a Parker y también a Samantha.

—¿Pasa algo, cariño? —pregunta Melinda, situándose detrás de mí.

Samantha no ha podido matar a ese hombre. A ese hombre lo ha matado la misma persona que decidió acabar, nueve años atrás, con la vida de su hija.

—¿Lo ves, John? ¿Ves como es malo para ti mirar las noticias? —me recrimina Melinda volviendo a la cocina.

PAUL

Martes, 15 de octubre de 2013

Samantha no quiere hablar, ni siquiera en presencia de su abogado. Como si se le hubieran quitado las ganas de vivir, lo cual la hace aún más sospechosa. Tiene la mirada perdida, no ha dormido en toda la noche y se ha limitado a contestar con evasivas que no logramos comprender.

—Samantha, necesito que hables —le digo tranquilamente—. ¿Fue Josh quién mató a tu hija hace nueve años?

—No sé —responde indiferente, sin mirarme a los ojos.

—¿Tú lo mataste?

No responde. Peck me está llamando, de hecho ayer no pude responder a las numerosas llamadas que me hizo. Insistente, como es él, pienso en llamarle más tarde. Ha debido ver todo el alboroto en las noticias.

—Samantha, por favor. Necesito colaboración por su parte. Si usted no ha sido la asesina, estamos perdiendo un tiempo precioso en el que el verdadero culpable sigue libre y es peligroso.

Asiente. Sigue impasible, con la mirada perdida en la nada. Golpeo la mesa. No quiero ponerme nervioso. Pienso en Sandra y en la cena que le debo. Quiero pensar en cosas que me gustan. Aparece Ana en mis pensamientos y, sin que yo quiera, también el barbudo musculado y tatuado penetrándola.

—¡Samantha! —Doy otro golpe, pero ni siquiera se inmuta. La mujer poderosa e implacable, la directora de una de las más prestigiosas agencias de publicidad de Nueva York con un pasado terrorífico que incluye haber perdido a su hija con cinco años a manos de un cruel y despiadado asesino, parece ahora una flor marchita sin ganas de defenderse o decir su verdad—. Debes tener una coartada. Dime, ¿qué hacías la noche en la que mataron a Parker?

Se encoge de hombros.

—¿Quieres acabar en la cárcel? ¿Es eso?

Una lágrima recorre su mejilla. Vuelve a encogerse de hombros y, apenas en un murmullo, pide un café y un cigarrillo seguido de un: «Dejadme en paz.»

Siguen sin existir huellas ni pruebas contundentes que impliquen a Samantha en el asesinato de Parker. He ido cien veces al laboratorio y siempre responden lo mismo: «Nada, no hay nada,

Tischmann. Como si un fantasma le hubiera rajado el cuello a Parker.»

Por la tarde voy a mi apartamento y llamo a Sandra. Necesito verla, necesito hablar con ella y, ¿por qué no? Pasar un buen rato después de todo este suplicio. Dice que a las 19h vendrá a mi apartamento.

Puntual como de costumbre, Sandra entra por la puerta vestida de ejecutiva. Lleva unos altos tacones que la hacen casi tan alta como yo, una provocativa camisa escotada de color negro y una estrecha falda de tubo gris.

—Tenía muchas ganas de verte —me susurra al oído. Sus labios rozan mi oreja; se me eriza la piel. Su mano recorre mi nuca y me besa apasionadamente.

—Sandra, antes de... —me sonrojo y, aún con mi mano en su cadera, la aparto un poco de mí—. No hemos hablado desde ayer. Fue todo muy precipitado y Samantha no quiere colaborar. No habla, ni siquiera cuando está presente su abogado.

—Entiendo. Como dije ayer —empieza a decir, sentándose en el sofá—, recordé. Sabes que me fui ofuscada, que mi mente estaba nublada por el suceso con Josh. Pero he recordado que la vi y que, cuando me fui, escuché un estruendo y luego... No sé, Paul. No estoy segura de si fue ella o no, solo sé que estaba allí. Que era la única persona que estaba allí.

—Por muy corpulenta que sea Samantha, dudo mucho que pudiera hacer estallar ese cristal.

—Lo sé, Paul. A mí también se me hace imposible, pero ¿tenéis algo más? ¿Huellas o pruebas que incriminen a otra persona?

—No, no tenemos nada.

Sonríe cabizbaja. Quiero leer su mente, quiero saber qué es lo que de verdad piensa. Qué esconde.

—Ven, siéntate a mi lado y hazme el amor —dice de repente.

Le hago caso. Hipnotizado, me acerco a ella y la desvisto a una velocidad que incluso a mí me sorprende. Veo en sus ojos verdes los de Ana, pero ni siquiera eso hace que me detenga. Nos vamos al dormitorio y, una vez más, Sandra consigue que me olvide de toda la crueldad y maldad que hay en el mundo. De toda la brutalidad con la que, muy probablemente, Parker acabara con la vida de su propia hija.

JOSH PARKER

Agosto, año 2004

Creo que ninguna reunión o campaña publicitaria me ha puesto nunca tan nervioso como el hecho de que hoy, un día cualquiera de un caluroso mes de agosto, vaya a conocer a la hija que no sabía que tenía. Hace días que entre Samantha y yo hay tensión y supe ver enseguida que no era por trabajo. Había algo más. Si bien es cierto que me enfureció que no me contara que había tenido una hija hace cinco años fruto de nuestros encuentros pasionales y esporádicos, ahora me sentía como un chiquillo nervioso e ilusionado. Mi relación con Charlotte después de mi equivocación con Sandra, no va del todo bien y me siento confuso. A diferencia de Sandra, Charlotte no es manipuladora ni caprichosa, aunque las apariencias puedan decir lo contrario. Sin embargo, cuando Samantha me enseñó una fotografía de su/mi hija, un nudo en la garganta se apoderó de mí y lloré como hacía tiempo que no lo hacía. La última vez que recuerdo haber llorado fue cuando falleció mi madre, enferma de esquizofrenia, a la que no supe comprender desde que mi padre perdió la vida en un accidente de coche por beber más de la cuenta y tomar malas decisiones.

—Es preciosa —murmuro.

Su cabello, recogido en dos preciosas trenzas, es de color negro como el de Samantha. Sus grandes y brillantes ojos azules me recuerdan a los de mi madre y unas graciosas pequitas inundan su pequeña nariz. Su boquita de piñón sonríe a la cámara, mostrando con orgullo que se le han caído recientemente dos dientes.

—Entonces, ¿quieres conocerla? —pregunta Samantha dubitativa.

—Claro. Nos hemos dicho barbaridades, nos hemos gritado y nos hemos faltado el respeto, pero es mi hija. Maldita sea, es mi hija. Tendrías que habérmelo dicho, ¿por qué lo has mantenido durante cinco años en secreto?

—No quería comprometerte a nada —responde, evitando mi mirada.

Por algún extraño motivo, la hubiera besado. Y me hubiera ido con Samantha al fin del mundo si hubiese hecho falta. Con ella y con nuestra hija. Una parte de mí quiere sentar cabeza, dejar las drogas, el sexo con Charlotte y mis infidelidades con otras mujeres. Olvidar a Sandra y su acoso continuo, sus llamadas a altas horas de la noche y sus palabras obsesivas, diciéndome que no puede vivir sin mí. Que se matará algún día.

—Le gusta mucho ir al parque —comenta—. Creo que sería un buen sitio para conocerla y si le llevas un helado, a poder ser de limón, la harás la niña más feliz del mundo.

A Samantha se le ilumina el rostro al hablar de su hija. La quiere tanto como sé que voy a ser capaz de quererla yo.

—Quiero llevarlo todo con discreción, Josh. No quiero que se enteren que tenemos una hija en común. No es que me avergüence, pero no quiero que sepan que entre tú y yo...

—Ya, lo entiendo. Fueron buenos tiempos, Samantha —la interrumpo pensativo—. Tengo ganas de conocer a Meredith.

Me retiro a mi despacho y no veo el momento de llevarle ese helado de limón a mi hija. Conocerla por fin.

Meredith tiene una energía inagotable. Lo que más feliz me hace es ver en directo su sonrisa. Me recibe como si me conociera de toda la vida, me da las gracias cuando le doy su helado de limón y me encanta los hoyuelos que se le forman al reír.

Samantha parece tranquila, no deja de mirarme en todo momento y, tras esa mirada, aún siento todo el amor que hace años me dio. Fui un idiota al dejarla escapar; Samantha es mucho más que una mujer de clase alta que ha gozado de todas las comodidades económicas desde que era una niña. Es una mujer elegante, generosa y bondadosa. Se me cae el alma a los pies al ver cómo mira a su hija: con todo el amor del mundo. Me gusta cómo acaricia su cabello, cómo le sonríe y cómo le habla, siempre tranquila y pausada aunque Meredith haga caso omiso de las indicaciones y vaya siempre hasta el tobogán más peligroso no apto para niños menores de siete años o haga lo contrario a lo que debería.

—Entonces, ¿es mi papá? —pregunta Meredith, mirándome con atención.

—Sí, así es —respondo sonriendo—. Soy tu papá y me gustaría mucho traerte al parque o incluso —miro a Samantha. Asiente, también está sonriendo—, leerte un cuento antes de ir a dormir.

—¡Me encantan los cuentos!

—¿Cuál es tu preferido?

—*Peter Pan.*

—¿Por qué? —quiero saber.

—Porque sale *Campanilla* y porque hay unas sirenas muy guapas en el cuento.

—¿Te gustan las sirenas?

—¡Mucho! —exclama, saboreando su helado.

Samantha y yo nos quedamos sentados en el banco observando a Meredith jugar con otros niños. Es extrovertida, habla con todo el mundo y le fascina el peligro tanto como a mí. Me recuerdo a mí mismo de niño trepando por los árboles más peligrosos y también subiendo a toboganes no aptos para la edad que tenía.

—¿Te gustaría cenar con nosotras? —propone Samantha.

—Claro. Y leerle el cuento de *Peter Pan* antes de dormir.

Samantha asiente. Su mal humor respecto a mí ha desaparecido. Me coge de la mano y la acaricia casi como por inercia sin mirarme a la cara.

Le digo a Charlotte que tengo trabajo acumulado, que volveré a la oficina y me quedaré hasta tarde. Puede ir a mi apartamento, yo llegaré de madrugada.

Al sentarme en la mesa de la cocina junto a Samantha y Meredith, riéndome de la niña al verla apartar cada uno de los guisantes de su plato, me entran ganas de quedarme ahí para siempre. Con ellas. Una vida tranquila y familiar repleta de amor como la que una vez tuve junto a mis padres.

A las siete, Samantha le dice a Meredith que es hora de ir a dormir y la niña se dirige a su dormitorio, no sin antes cepillarse los dientes y ponerse un gracioso pijama cuya protagonista principal es *Campanilla*.

—¿Me vas a contar un cuento? —me pregunta dulcemente, ya en su camita.

—Por supuesto, Meredith. ¿*Peter Pan*?

La niña asiente y leo de principio a fin el cuento del niño que no quiso crecer. Poco a poco los grandes ojos azules de Meredith se van cerrando pero, antes de eso, la felicidad me invade al escuchar una vocecilla diciéndome: «Buenas noches, papá». Cierro el libro, le doy un beso en la frente y le acaricio la mejilla. La observo durante unos segundos y sé que, en tan solo unas horas, esa niña se ha ganado mi corazón para toda la vida. Apago la luz de la mesita de noche y, en silencio, desaparezco del dormitorio de la pequeña. Samantha me espera en el pasillo oscuro y, sin necesidad de palabras, nos besamos y vamos hasta su dormitorio.

SANDRA

Martes, 15 de octubre de 2013

Paul me folla. Una y otra vez, deseando mi cuerpo como nunca antes lo deseó Josh o Matthew. Su teléfono no para de sonar interrumpiendo nuestra sesión de sexo que, sinceramente, no sé adónde nos conducirá con el tiempo. Cuando termina, jadeante y con su cuerpo sudoroso encima del mío, mira su móvil que, una vez más, suena insistentemente.

—Debería cogerlo —decide.

Asiento y, mis ojos, acostumbrados a la tenue luz de los farolillos que se cuelan por la ventana para ofrecernos un juego de sombras en la penumbra del dormitorio, observan el musculoso cuerpo desnudo de Paul.

—Tischmann —responde en un tono de voz áspero, para sonreír al cabo de un segundo y volver a mostrarse serio instantes después.

—¿Cómo? —pregunta mirándome.

—Pero John...

Pierdo el interés, aunque siento la mirada fija de Paul en mí. Parece desconcertado, confundido. Sus respuestas se limitan a afirmaciones y a palabras breves. Su conversación vuelve a interesarme cuando veo que se encierra en el cuarto de baño y sigue hablando durante minutos en voz baja. Son murmullos que no alcanzo a escuchar, pero tengo un mal presentimiento, así que me visto rápidamente y salgo de su apartamento. ¿Han pillado a Matthew? Maldita sea, ¿es eso? ¿Lo han pillado? ¿Me van a acusar de cómplice por haberlo sabido y haberme callado? Cuando piso el asfalto de la ciudad siento que voy a caer en un abismo. La cabeza me va a estallar. Camino sin rumbo, con rapidez y nerviosismo y, repentinamente, me asaltan un par de tíos con la cabeza rapada y mil tatuajes en un callejón.

—Vaya, vaya, Tim. Parece que esta noche tenemos un buen entretenimiento... —murmura el más alto, acorralándome.

—Menudo entretenimiento —dice el otro silbando. Se acerca a mí y aprieta con fuerza mi muslo con sus sucias manos.

Miro a mi alrededor. No hay nadie. Deben ser las tantas de la madrugada y he sido tan estúpida como para meterme yo solita en la boca del lobo.

Veo un objeto punzante sobre lo que parece un enorme barril de cerveza. Eso puede servir para asustarles. Lo cojo con rapidez y se lo muestro al tal

Tim y al tío más alto. Se ríen de mí, pero antes de que me violen, me torturen o acaben con mi vida, voy a defenderme. Siguen diciendo cosas, no les entiendo, les he dejado de escuchar, aunque siguen muy cerca de mí. Gimen, me manosean y puedo sentir el hedor de sus alientos rozando mi nuca.

Recuerdo a Josh. Recuerdo cómo le rajé el cuello a él. Y un grito enfurecido sale de mi boca, atacando a los dos hombres y terminando con sus vidas con un corte profundo en el cuello. Ambos me miran desconcertados como lo hizo Josh antes de morir. Acaban en el suelo sin poder pronunciar una sola palabra. Sufren, agonizan, disfruto viendo cómo estos hijos de puta se desangran. Mudos para toda la eternidad.

—Eso os pasa por meteros con una loca.

Limpio todo rastro de mi presencia, sé cómo hacerlo. Lo he hecho otras veces. Los tipos tatuados yacen muertos en el suelo; un gran charco de sangre ensucia el asfalto y, con una mueca de asco, dejo el arma junto a sus cadáveres sin ninguna huella dactilar que me involucre en el doble asesinato. «Fue en defensa propia», diría yo esta vez, en el caso de que algo saliera mal. Pero lo cierto es que necesitaba esto, un poco de acción. Mi cuerpo se destensa, mi mente se ha vuelto lúcida, culpándome a mí misma de una vida repleta de secretos y mentiras. Ahora que recuerdo la verdad, no me queda otro remedio que vagar por las calles nocturnas de Nueva York hasta acabar en el lugar donde empezó todo.

CAPÍTULO 11

JOSH PARKER

Septiembre, año 2004

Soy más feliz que nunca. Meredith me llama *papá* como si lo hubiera hecho desde siempre. La llevo al parque, ceno con ella; he conseguido que se coma todos y cada uno de los guisantes del plato y le leo el cuento de *Peter Pan* hasta que se queda dormida. Luego voy hasta el dormitorio de Samantha y le hago el amor cada noche. He dejado las drogas y también he roto con Charlotte. Ha sido muy diferente a cuando dejé a Sandra. Charlotte me ha deseado lo mejor. Aún recuerdo cómo Sandra se rio y puso esos ojos de loca que siempre me asustaron cuando estaba con ella. No me atrevo ni siquiera a despedirla por miedo, aunque no sería justo, puesto que es una buena ayudante y su mente rebosa creatividad. Regla número uno: los temas personales no deben influir en el puesto de trabajo. La regla número dos la rompí hace años: prohibido liarse con la jefa o con tus ayudantes.

Si echo la vista atrás, recuerdo una infancia feliz hasta el día en el que mi padre murió porque decidió coger el coche borracho. En el accidente también se vio involucrado otro automóvil en el que iba una pareja que falleció en el acto. Lo único que me quedaba en el mundo era mi madre y enfermó al poco tiempo. Estaba perturbada. Empezó a escuchar voces, creía que los vecinos querían matarla y salir a la calle con ella me avergonzaba. Se escondía tras los árboles porque estaba segura que el FBI iba detrás de ella para sonsacarle información confidencial acerca de los extraterrestres que venían a visitarla cada noche. Cuando la situación empezó a superarla, acabó internada en una institución mental en Riverside Drive y fue ella misma quien acabó con su vida cuando yo tenía dieciséis años. Viví con unos tíos ya mayores un tiempo y luego me fui a la universidad a labrarme mi propio futuro. Siempre tuve las cosas claras, sabía lo que quería. Me esforcé muchísimo. Estudiaba hasta altas horas de la noche y nunca me metí en líos. El resto es historia y sé que, algún recoveco sano de la mente de mi madre, se sentiría orgullosa del hombre en el que me he convertido. No el Josh que se ha acostado con cientos de mujeres y ha tomado drogas poniendo la presión y el estrés como excusa, sino el Josh que bebe los vientos por la hija de cinco años que acaba de descubrir que tiene y ha decidido sentar cabeza con la mujer a la que nunca debió abandonar.

Samantha y yo llevamos nuestra relación con discreción como cinco años atrás y tal y como ella ha querido. Antes todo era pasional, solo sexo y puro deseo. Esta vez hay algo más gracias a Meredith, que nos mira emocionada como si fuéramos estrellas de Hollywood. Está deseando empezar el colegio. Dice, ilusionada, que al fin tiene un *papá* que la vendrá a recoger a la salida. Sueña con el día en el que tenga que ir a clase a contarle a los niños en qué consiste mi trabajo como habían hecho en el curso anterior.

El tres de septiembre, un sábado en el que Samantha y yo decidimos pasar el día solos, nuestra vida da un giro inesperado sin que nosotros, aún, lo sepamos. Dejamos a Meredith con la niñera a pesar de sus pataletas por no venir con nosotros.

Oh, Dios... está enfadadísima, nunca la había visto fruncir el ceño durante tanto rato.

—Te lo pasarás muy bien con Kim —le digo sonriendo.

—¡Pero quiero estar contigo, papá!

Le sonrío, acaricio su melena negra despeinada y salgo de casa con Samantha.

Horas más tarde, cuando Samantha y yo estamos degustando un exquisito postre en el restaurante de cocina francesa *Daniel,* una conmocionada Kim, la niñera, nos llama para darnos la peor noticia que unos padres pueden recibir.

—Pero ¿Qué? ¿Cómo? ¿Cómo ha ocurrido, Kim? —pregunta Samantha con exasperación, sin que yo llegue a saber qué es lo que ha pasado todavía.

Son las peores horas de mi vida.

Alguien ha raptado a Meredith, a mi pequeña... a mi niña de grandes ojos azules, testaruda y sonriente. Solo pienso en el momento en el que quería venir con nosotros. Cuando se despidió enfadada porque *mamá* y *papá* querían pasar un día solos sin ella.

—Dios mío, si le pasa algo, yo... Yo me muero —repite una y otra vez Samantha, ahogada en un mar de lágrimas.

Es domingo. Han pasado veinticuatro horas desde que alguien se llevó a Meredith mientras jugaba en el parque. Kim nos dijo que todo fue muy rápido. Dejó de vigilar a la niña solo un instante para revisar que tuviera la merienda en el bolso y, al volver a mirar, Meredith no estaba en el columpio. Había desaparecido.

El inspector que lleva el caso, un tal John Peck, no parece muy optimista al respecto, pero intenta consolarnos. Parece un tipo de la vieja escuela, sabe lo que se hace.

—Mi ayudante está de vacaciones, él les diría que deben mantener la calma. No perder la esperanza —dice emocionado y abatido.

—Encuéntrenla, por favor. Es lo que más quiero en este mundo —le digo con desesperación, como tantos otros padres le habrán dicho.

El inspector asiente, incómodo por presenciar mis lágrimas. Reflexivo y comprensivo al mismo tiempo.

—¿Tiene hijos? —le pregunto.

—No. Pero puedo comprender cómo se siente.

—No puede comprender una mierda.

Inmediatamente, me arrepiento de mis bruscas palabras al ver su mirada triste.

Asiente y me coloca, a modo de consuelo, una mano en mi hombro. Comprende que mis malas palabras son fruto de la desesperación y la rabia contenida, y desaparece de mi vista aunque no por mucho tiempo.

El lunes día 5 de septiembre, el inspector Peck se presenta en casa a las diez de la mañana para darnos la peor noticia que podríamos haber esperado.

Siento la desolación y la impotencia en la mirada del inspector. Sus palabras salen automáticamente de sus labios. Le pesan y, a nosotros, nos apuñala donde más duele. Se nota que es un duro momento para él, aunque lleve toda la vida teniendo que dar terribles noticias a gente que tiene un resquicio de esperanza.

Han encontrado a Meredith en un callejón próximo a nuestro apartamento. Está muerta. Han asesinado a mi pequeña.

Samantha se desmaya, le es imposible asimilar la devastadora noticia por la que ha venido el inspector. Sujeto entre mis brazos a Samantha y grito. Grito con desesperación y violencia. Necesitamos una buena dosis de calmantes para ir hasta el anatómico forense donde se encuentra el pequeño cuerpo inerte de Meredith. No sufrió agresiones y su cuerpo no recibió ni un solo golpe. Una ingesta masiva de pastillas acabó con la vida de mi dulce niña que, al igual que *Peter Pan*, se escondería en el *País de Nunca Jamás* para no convertirse en la increíble mujer adulta que podría haber sido y que me hubiera encantado conocer y guiar en el camino.

PAUL

Viernes, 18 de octubre de 2013

—¡Viejo Peck! —saludo, dándole un abrazo y recogiendo su maleta en el aeropuerto—. No tenías por qué venir, es un viaje demasiado largo y lo tengo todo controlado.

Su rostro ha adquirido, en los tres últimos años que llevo sin verlo desde que se jubiló, un gesto más amable, menos sombrío y estricto. Poco queda del gran inspector Peck que trabajó duro en el cuerpo policial durante más de cuarenta años. Las arrugas profundas de su piel no ocultan crímenes pasados y sus pequeños ojos marrones repletos de sabiduría, corresponden a los de un hombre al que ya no le puede sorprender la maldad humana al haber sido testigo de numerosos actos atroces.

No sé nada de Sandra desde el martes. Su paradero es desconocido y estamos trabajando en su búsqueda y captura con discreción. No queremos

187

asustarla pero cuando la encontremos, seguramente, tendrá muchas preguntas a las que responder. Me deslumbró con su belleza y su pasión. Una parte de mí sintió lástima por ella sin saber realmente el motivo. Mis circunstancias personales por la infidelidad de Ana me han convertido en un hombre vulnerable y desesperado que buscó entre otras piernas la masculinidad y el orgullo perdidos.

—Café, Tischmann. Urgente y con azúcar— ordena Peck con una afable sonrisa.

Asiento y conduzco hasta el centro. Entramos en una pequeña cafetería vacía a las once de la mañana y pedimos café.

—Melinda no te deja tomar azúcar, ¿verdad?

—¿Dónde está Sandra? —pregunta, ignorando mi comentario—. Tischmann, es importante que la encontréis. Como te dije por teléfono, es muy peligrosa. Dios... ¿Cómo no pude relacionarlo? ¿Cómo no pude recordar? ¿Cómo pude olvidar la cara de Parker?

Se lleva las manos a la cabeza y ríe para sí mismo.

—Esta cabeza mía, Tischmann... empieza a fallar más de lo que quisiera. Alzheimer, le llaman. Qué jodido es hacerse viejo.

—La otra noche, cuando hablamos por teléfono... —vacilo un instante—. Estaba con Sandra— reconozco avergonzado.

—Caíste en sus redes. No te fustigues más, Tischmann. No sabías nada y es una manipuladora profesional. He revisado el caso desde Malibú y todo tiene sentido. El accidente que mató a los padres de Sandra fue provocado por el padre de Josh Parker. El hombre iba borracho y, como sabes, también murió en el accidente. Sandra tenía doce años cuando la llevaron ingresada a una institución mental. La conocí cuando fui a investigar el supuesto suicidio de una de sus compañeras y me impactó ver cómo se interesaba por la investigación. A partir de ese momento fui a visitarla en diversas ocasiones y, aunque llegué a la conclusión de que la muerte de su compañera no fue un suicidio, sino un asesinato producido por Sandra, callé. La protegí.

—¿Crees que mató a su compañera?

—Oh, sí. Vaya si lo creo. Sandra tenía una fuerza descomunal, imposible dada la aparente fragilidad de su cuerpo. Pero le cogí cariño, siempre fue buena conmigo y me ayudó en mi frustración por no poderle dar un hijo a Melinda. Supongo que por eso oculté ese crimen y el de un vigilante...

—¿Un vigilante?

—Cayó por las escaleras, pero la fractura en el cráneo desveló que alguien le había asestado un fuerte golpe en la cabeza antes de caer. Fue Sandra. Tenía diecisiete años y un año después saldría del infierno que le produjo estar encerrada durante tanto tiempo en la institución.

—Peck, no puedo creer que ocultaras esos crímenes —le reprocho.

—Igual que te ha manipulado a ti, me manipuló a mí en los peores años de mi vida personal. A ti por la infidelidad y traición de Ana. A mí por no poder engendrar un hijo. Luego le perdí la pista, pero ahora todo cobra sentido.

—Sandra estuvo liada con Parker.

—No me extraña lo que me cuentas. Todo formaba parte de su plan. Si hubiera sabido, hace nueve años, que Sandra era ayudante de Parker, la hubiese relacionado con el crimen de la pequeña sin ninguna duda. Pero no lo sabíamos. Desde que salió de la institución, no supe asimilar que su único fin era acabar con la vida del hijo que mató a sus padres en el accidente. Empezó por una inocente niña —murmura Peck realmente afectado—, hasta acabar con Parker. Sé lo que estás pensando, Tischmann. Si no la hubiera protegido, si le hubiera parado los pies y la hubiera encerrado cuando mató a su compañera o al vigilante, ninguno de estos crímenes se hubieran cometido. Parker y la niña seguirían con vida.

—Es una lástima que no podamos volver atrás en el tiempo, Peck.

Reprimo mis ganas de decirle que fue cómplice de asesinato. Me reprimo porque, quizá, la investigación en la que estoy involucrado se hubiera resuelto si yo tampoco hubiera caído en sus redes.

—¿Y la señora Hemsley? —se interesa Peck, ignorando la expresión consternada de mi rostro.

—Samantha. El miércoles la liberamos libre de cargos. Pobre mujer, le pedí perdón una y mil veces, pero en ningún momento ha dicho nada. No he vuelto a saber de ella y, por lo que me han dicho, lleva toda la semana sin ir a la agencia.

—Deberíamos ir a verla.

—¿Por qué?

—Me da mucha pena.

«Dilo, coño. Di que te sientes culpable», pienso.

El teléfono suena. Resoplo al comprobar que es Stuart.

—¿Qué pasa?

—Samantha Hemsley se ha suicidado —comenta Peck, antes de que me dé tiempo a asimilarlo.

SANDRA

Viernes, 18 de octubre de 2013

—**S**aldremos de esta, Sandra —dice Matthew, acariciando mi mejilla.

—Dios mío, Matthew... si supieras las cosas horribles que he hecho. Soy la peor persona del mundo —reconozco entre lágrimas.

—No pasa nada, Sandra. Todos cometemos errores y se acaban solucionando.

—Gracias por estar aquí, Matthew. Por seguir conmigo a pesar de todo. Dios, Dios, Dios... —repito consternada—. No quise hacerte daño. De verdad. No quise hacerte...

Matthew me abraza silenciando mis palabras pero, a medida que voy acariciando su espalda desnuda, arrastro con mi mano un fino velo de sangre. No sé de dónde procede y, al mirar hacia el lago, veo aparecer a Joana sonriente.

—¿Qué hacéis aquí, tortolitos?

—Tranquilizando a Sandra. Necesita nuestro consuelo, Joana —explica Matthew.

Entonces, Joana se acerca, me arrebata a Matthew y lo besa con pasión. Yo los miro, aún conmocionada por la sangre que sigue brotando de la espalda de Matthew para, a continuación, mezclarse con la de Joana. Mi sueño termina con la visión del lago teñido de rojo por el que desaparecen las siluetas de mi marido y mi mejor amiga, dejándome sola sobre la tierra árida y caliente en la que están enterrados.

Me despierto sentada en el asiento del conductor de mi coche y empiezo a llorar. Los fantasmas del pasado han vuelto; los muertos vuelven a acecharme y, aún medio adormilada, vislumbro a Josh con el cuello rajado tras un árbol. Me está mirando. Abre la boca, parece querer decirme algo, pero no sé el qué.

Recuerdo algo. Mi mente ha despertado. El reloj se ha detenido y vuelve el miedo. La locura se apodera de mi mente una vez más, dando paso al Monstruo que siempre he sido.

SANDRA

Viernes, 6 de septiembre de 2013

—¡Oh, Dios! Te he echado de menos, Josh —le susurré al oído, mientras me empotraba contra la pared de la oficina.

Josh, en silencio, me penetraba con furia, sabiendo que siempre me ha gustado follar salvajemente. Eran las 21h de un viernes de septiembre en el que no quedaba nadie en la oficina.

Había esperado en mi cubículo a que todo el mundo se fuera y Josh se metiera unas cuantas rayas de coca para poder follármelo. Como en los viejos tiempos. Sus ojos azules estaban idos, la excitación por la droga se palpaba en cada uno de sus movimientos y apenas podía vocalizar una sola palabra. Daba igual. Al fin, después de tantos años, volvía a estar dentro de mí. Tal y como siempre había deseado.

Al terminar, me empujó contra la pared y se encerró en el cuarto de baño. Satisfecha por la emoción de lo prohibido, alisé mi falda de tubo, bajé hasta el parking, cogí mi coche y me fui a casa. Antes de subir, arreglé mi cabello y me pinté los labios. Apliqué unas gotas de mi perfume en el cuello para que Matthew no sospechara de mi infidelidad, y subí alegremente al apartamento.

22:10 horas

Al entrar, me embriagó un aroma a perfume femenino que no era el mío. Me detuve en el salón y escuché gemidos y risas procedentes del dormitorio. Como alma que lleva el Diablo, abrí de golpe la puerta y encontré los cuerpos sudorosos y desnudos de Matthew y Joana en mi cama. Me miraron con el desconcierto y el miedo en sus ojos, pero en ningún momento Matthew sacó la polla del interior de mi amiga. No dije nada. Me limité a mirarlos con odio y asco a pesar de haber hecho lo mismo con otro hombre hacía tan solo unos minutos. Pero Josh no era Joana. Josh no era el mejor amigo de Matthew.

Mi mejor amiga y mi marido me habían traicionado. Por mi mente revoloteó una preciosa niña llamada Meredith a la que asesiné a base de obligarla a ingerir pastillas para destrozar la vida del hijo del hombre que había destrozado la mía. Fue totalmente casual que me enterara que la oculta hija de Samantha también era hija de Josh. No fue coincidencia que supiera en qué parque solía jugar o la escuela a la que iba y no fue difícil llevármela del columpio con la excusa de que le iba a enseñar un precioso cachorrito. Era una niña extrovertida y alegre. También recorrió un pasillo oscuro de mi memoria, la joven Marie, una enferma de esquizofrenia de diecisiete años, corpulenta y boba, que dejó que le cortara las venas en su propio habitáculo. El vigilante, al que destrozaría el cráneo años después, se estaba follando a una enfermera, descuidando la vigilancia de unas adolescentes desquiciadas. Y luego estaba él. El inspector John Peck. Fue como un padre para mí, mi primer amor, el hombre que me desvirgó cuando yo tenía quince años. Me excitaba que fuera mucho más mayor que yo y supongo que a él le excitaba que yo fuera una menor de edad de pequeños pechos tersos y una vagina rasurada sin estrenar. Por lo que me contaba, su mujer no quería hacer el amor con él. Lo detestaba, lo odiaba por no poder darle un hijo. Yo me aproveché de su amargura; él me protegió y me convirtió en parte de lo que soy. Los muertos volvieron a mi mente mientras seguía mirando a los dos amantes.

Fui hasta la cocina, Matthew vino detrás de mí sin dignarse a ponerse los calzoncillos y entonces, al darme la vuelta, le clavé el cuchillo que había cogido del cajón. La sangre empezó a emanar de su estómago; Matthew abrió exageradamente los ojos con incredulidad, mirándome fijamente y sin poder preguntar con palabras: «¿Por qué? ¿Por qué has hecho esto?»

Con lágrimas en los ojos, corrí con el cuchillo repleto de la sangre de Matthew hasta el dormitorio en el que Joana, asustada y tapada con las sábanas de mi cama, emitió un grito que se ahogó cuando le apuñalé en el corazón sin darle la oportunidad de oponer resistencia. Fríamente, con el cadáver de mi amiga en la cama y el de mi marido en el suelo de la cocina, limpié con esmero el cuchillo. Si no se limpia de inmediato quedan restos secos de sangre de por vida. Volví a guardar el arma en el cajón, envolví en una alfombra el cuerpo de Matthew y arrastré el de Joana hasta el salón para hacer lo mismo. Minutos más tarde, los introduje en el maletero de mi coche y conduje cinco horas hasta el lago Hemlock, donde solía ir de niña con mis padres antes de que el hijo de puta del padre de Josh los matara a causa de su conducción temeraria.

Todo estaba oscuro, pero tenía la seguridad de que no habría nadie por la zona a esas horas de la noche, y no estaba lejos la época en la que los veraneantes dejarían de ir al lago; en invierno no apetece estar porque hace demasiado frío. Me adentré en las profundidades del lugar, aparqué el coche junto al lago y saqué los cuerpos inertes de Matthew y Joana. No recuerdo cuántas horas estuve cavando con la pala que guardaba en mi trastero, propiedad de mi abuelo, un aficionado a la jardinería y a plantar limoneros y naranjos en el jardín de su casa de Nueva Jersey. Sudada y jadeante, introduje los cuerpos uno encima del otro en el profundo hueco que cavé y, poco a poco, mientras contemplaba el amanecer, fui enterrándolos con la seguridad de que tardarían años en descubrirlos. Limpié la pala en el lago, también los restos de sangre del maletero de mi coche y volví a conducir cinco horas hasta llegar a mi apartamento del Soho.

Volví a fregar el suelo y a limpiar el cuchillo. Metí las sábanas de mi cama en la lavadora y me tumbé en el sofá. Silencio, oscuridad, olvido.

CAPÍTULO 12

JOSH PARKER

Martes, 8 de octubre de 2013

Estos últimos nueve años de mi vida han sido un infierno. Desde que perdí a mi hija, con la que solo pude convivir unos pocos días, todo ha ido de mal en peor. Me fustigo al pensar que si no la hubiese conocido seguiría con vida y sería una guapa adolescente de catorce años. Se habría hecho mayor. Yo seguiría ignorando su existencia, no hubiera pisado nunca un parque infantil, ni leído el cuento de *Peter Pan*. Y Meredith habría vivido sin una figura paterna oculta por su madre. Pero habría sido feliz. Aún estaría viva... Viva...

Samantha dejó de hablarme durante meses y, cuando volvió a la agencia y recuperó su puesto, se convirtió en otra persona. No solo su deplorable cambio físico me conmocionó, sino también su actitud hacia mí. Fría y distante, supe que lo nuestro había terminado pero, por el bien de la agencia, nuestra relación profesional era formal. Seguí trabajando hasta altas horas de la noche. Seguí presionándome a mí mismo más de lo que nadie hacía. He ganado muchos premios, también he perdido otros. Charlotte volvió conmigo; nunca dejó de estar enamorada de mí y, a lo largo de estos años, a pesar de mis infidelidades y mi grave adicción con la coca, debo agradecerle su compañía. Dejó la agencia cuando nos casamos y lamento haberla adentrado en la que también es su adicción: la droga. Hace un par de meses nos quedamos sin nuestras idílicas vacaciones en La Toscana porque estuvo ingresada por una sobredosis. Sobrevivió de milagro y, aun así, sigue drogándose a diario. Cada vez más cadavérica, hemos prometido terminar con esto y, a partir de ahora, todo mejorará. Intentaremos ser padres y llevar una vida sana y normal. No queremos volver a Vermont a las tres de la madrugada sin saber cómo demonios hemos llegado hasta allí.

Son las 19h y Sandra sigue en su cubículo. Me mira con esos ojos de loca, como siempre. Sé que, de un momento a otro, vendrá a mi despacho e intentará seducirme como hace siempre. Hace un mes caí en sus redes y volvimos a follar. Después de tantos años en los que no ha dejado de acosarme ni un solo día, lo consiguió porque yo estaba demasiado afectado por la coca como para negarme. Pienso en por qué no la he despedido. Por qué, a pesar de todo, sigue siendo una de mis ayudantes. Por qué, después de miles de mensajes que borro inmediatamente, en los que además de decirme que si no vuelvo a follármela se suicidará y que no puede vivir sin mí, sigo teniéndola a mi lado. No puedo negar que siempre me ha atraído, pero algo en ella me pone los pelos de punta. Intento ser profesional, pero no puedo tratarla como a Lisa o a Nicole. No puedo mirarla fijamente o sonreírle para que no piense cosas que realmente no son. Nunca le he dado esperanzas.

Se levanta, me mira. Alisa su provocativa falda de tubo, un gesto muy común en ella, y viene hacia mi despacho.

—Josh, ¿necesitas ayuda? —pregunta.

Lo cierto es que sí. Estamos trabajando en una importante campaña publicitaria, jugando con millones de dólares y vamos algo atrasados.

—Vamos a la sala de reuniones. Allí estaremos más amplios —respondo, evitando mirar fijamente esos ojos verdes que, en otra época, me parecieron los más fascinantes del mundo. Cómo me engañó.

Se sienta a mi lado y observa cada una de las ideas del *story* que le paso. Por primera vez en mucho tiempo, la veo más centrada en el trabajo que en mí y eso me alivia, porque no quisiera verme en una situación incómoda.

Son las 21:15h. Estamos cansados y, antes de poder decirle que ya es hora de irnos a casa, ella se me adelanta.

—¿Descansamos un poco? —pregunta Sandra acariciando mi entrepierna.

Me retiro inmediatamente y me levanto de la silla recogiendo el montón de papeles que hemos dejado desperdigados en la mesa.

—No, quiero ir pronto a casa. Charlotte estará esperándome para cenar —respondo cortante.

—Venga, Josh... No disimules más. El otro día vi que me hacías ojitos. ¿A qué esperas? Estamos solos, no queda nadie en la oficina.

Mira mi entrepierna, se levanta y me toca con fuerza la polla. Vuelvo a apartarme, la miro con frialdad.

—Además estás tan guapo... —murmura, acercándose más y más.

Me acorrala, se muerde el labio e intenta besarme. De nuevo me aparto de ella y, antes de que pueda salir por la puerta, me coge con fuerza del brazo y me mira con esos ojos de loca a los que parece que ya me he acostumbrado.

—¿Crees que puedes follar conmigo y luego dejarme? ¿Quién crees que le metió hasta la última pastillita a tu hija?

Incrédulo, la miro y sé que está diciendo la verdad.

—¿Qué dices, Sandra?

Me tiembla la voz, siento cómo un nudo en la garganta me impide hablar y mis piernas empiezan a flaquear.

—Siéntate —ordena, alzando la voz.

Me siento, le hago caso. Quiero escuchar lo que dice, quiero saber la verdad y, a la misma vez, me aterra.

—Meredith, ¿verdad? —Asiente, dando vueltas por la sala de reuniones. Miro el reloj, son ya las 21:40h—. Era una niña preciosa y fácil de engañar. Se estaba columpiando en el parque cuando me acerqué a ella y le dije que tenía un cachorrito que quería enseñarle. Me la llevé hasta mi coche, nadie nos vio. Soy muy precavida, ¿sabes?

Me quedo mudo. Apenas puedo articular palabra, algo que solo ha provocado la coca hasta este momento.

—Descubrió que no había ningún cachorrito, pero me dijo que se alegraba que me la hubiera llevado porque estaba enfadada con *papá* y *mamá*. La habíais dejado sola con la niñera, no quisisteis pasar el día con ella. Preferíais intimidad. Fuimos a casa de mis padres. Oh, por cierto. Ya te conté que a mis padres los mató un conductor borracho en la primavera del año 1987, pero no te dije quién fue. ¿Tú lo sabes?

Antes de que vuelva a hablar y me diga quién fue, yo ya lo sé.

—Fue tu padre, Josh. Tu padre, un conductor imprudente y borracho, terminó con la vida de mis padres en ese maldito accidente de coche. Pero ese no es el tema. A lo que íbamos. La noche del sábado, Meredith y yo cenamos *pizza*, vimos una película y nos fuimos a dormir. Le leí el cuento de *Peter Pan*, me dijo que tú se lo leías cada noche desde que te conoció. Y también me dijo que yo lo leía mucho mejor que tú. —Se ríe. Emite un chasquido y se detiene frente a mí al otro lado de la mesa—. El domingo por la tarde le dije que íbamos a comer unas golosinas muy ricas. Se tragó tres pastillas sin rechistar. Luego... mmm... Pobrecita, la tuve que obligar. Tuvo una muerte dulce, Josh. No sufrió. Prometo que la cuidé bien.

Una vez más, reprimo mi rabia y mi frustración. La mataría. La golpearía contra el cristal y le aplastaría el cráneo.

—Y si crees que voy a dejar que salgas por la puerta sabiendo todo lo que sabes, vas muy equivocado.

—Adelante, mátame, Sandra.

Me rindo. Me quiero ir, me lo merezco. Quiero morir. ¿Para qué seguir con esta mierda? La dejé. La dejé en manos del Monstruo. Mi hija está muerta por mi culpa.

Sandra rompe la pared acristalada con una fuerza sobrehumana que me deja boquiabierto. Miro sus nudillos y, sorprendentemente, están intactos. Es algo imposible, pero mis ojos no me engañan. Lo que

204

ha hecho es real. Se acerca a mí con un trozo de cristal cuya punta es afilada como un puñal. Antes de rajarme el cuello, me mira y ríe, mostrándome una bolsita con coca que saca de una de sus carpetas. Son las 22h, la hora en la que me raja el cuello y me reúno con la niña que, al igual que *Peter Pan*, se quedó en el mundo de *Nunca Jamás* hace nueve años.

PAUL

Sábado, 19 de octubre de 2013

Sandra Levy está en búsqueda y captura. Indago sobre ella, algo que debería haber hecho desde el principio, y me encuentro con que está casada con un tal Matthew Levy. He ido hasta su apartamento, al lado del local *Jimmy,* y hemos entrado a la fuerza. Todo parece normal, como si, de un momento a otro, pensaran en volver. Investigo sobre Matthew, un diseñador gráfico *freelance* sin un puesto fijo de trabajo pero muy solicitado según su página web, lo cual me complica averiguar sobre su paradero. En sus correos electrónicos encuentro varios de su madre que insiste en que dé señales de vida y un par de agencias cabreadas que reclaman el trabajo que tenía encargado desde hace dos meses. Me pongo en contacto con su madre. Alarmada desde el principio al saber que soy un inspector de policía, dice que no sabe nada de su hijo desde principios de septiembre y que Sandra tampoco se ha puesto en contacto con ella. De inmediato, lo damos por desaparecido y empezamos a trabajar también en su búsqueda.

—Qué tía... Se ha cargado también al marido, ¿qué te juegas? —ríe Stuart, sacándome de quicio como de costumbre.

No le reprocho nada. Tampoco le llevo la contraria porque, en el fondo, aunque no quiero creerlo, opino lo mismo. Sandra es una enferma mental. Sus primeros asesinatos encubiertos por Peck han hecho de ella un Monstruo. Una criminal sin escrúpulos. La Diosa que veía en ella ha desaparecido, pero no mi obsesión.

Por la noche, sin el quebradero de cabeza de Stuart, me acerco hasta el local *Jimmy*. Saludo al portero que, con aires desafiantes como siempre, acepta a responder mis preguntas. Le enseño una fotografía de Sandra y se echa a reír.

—Menuda pirada —empieza a decir—. Fue la que se me abalanzó encima la otra noche, cuando me reí de ella al verla hablar sola. Gritaba y decía cosas sin sentido a la nada, incluso hacía que empujaba a alguien. No es la primera vez que la lía. No recuerdo qué noche fue, pero salió de aquí con una borrachera impresionante. Hablaba sola y no paraba de reírse, el camarero se lo puede confirmar. Pedía dos *Bloody*

Mary, si mal no recuerdo, y solo bebía uno. Dejó más de la mitad en la barra.

—¿Recuerda si fue el martes 8 de octubre?

—Para las fechas soy muy malo, jefe.

Claro que fue el martes 8 de octubre. Lo recuerdo bien, yo la vi. La mujer pelirroja que apenas se tenía en pie. De hecho, me pareció una anécdota divertida que le comenté a Sandra la primera vez que quedamos en este mismo lugar.

John se aloja en mi casa y, cuando llego, lo veo sentado en el sofá viendo una película policiaca.

—¿Has cenado, Peck? —pregunto, dejando las llaves en el vestíbulo.

—No. ¿Pedimos unas *pizzas*? Melinda nunca me deja comer *pizza*, tengo que aprovechar estos días en Nueva York.

Me guiña un ojo divertido, algo que solía hacer cuando resolvíamos un caso.

—Hecho.

Me siento junto a él, cruzo los dedos y lo miro de reojo.

—Peck, ¿hay algo que no me has contado?

—¿Cómo? —pregunta desconcertado, tocando su espeso bigote blanco.

—Nada, déjalo. Vamos a pedir esas *pizzas*.

SANDRA

Lunes, 21 de octubre de 2013

Estoy hambrienta. Tengo frío y me duele la espalda. Un coche no es el mejor lugar para dormir, pero es mi refugio junto al lago Hemlock. Sueño con mis fantasmas, me susurran al oído y me dicen que quieren que vaya con ellos. Las profundidades del lago me tientan. Podría sumergirme en sus aguas, dejarme llevar y abandonar este cuerpo enfermo que me tiene prisionera. He recordado todas y cada una de las horas perdidas. Esas horas en las que mi ser dejó de ser bondadoso y cometió unos macabros crímenes que con facilidad había olvidado y por los que me condenarían a la pena de muerte. Tal vez muera antes de hambre o de soledad. De culpa o de miedo.

Por las noches, Josh se acurruca junto a mí y me mira con esos profundos ojos azules que no logro olvidar. Es dulce y agradable, hasta que de su cuello empieza a salir toda la sangre que yo le provoqué y de su boca un aliento putrefacto. A menudo veo correr entre los árboles a esa niña de cabello negro como el azabache. Me mira, escurridiza, se ríe y luego cae desplomada al suelo con su boquita morada y la tez blanca como la nieve. Como la recuerdo. Matthew y Joana siempre están juntos. Sus cuerpos ensangrentados se besan con pasión y me miran burlándose de mí, como hacían cuando estaban vivos. Hacían el amor y se reían de mí. Eso era lo que hacían. Y luego está aquella joven a la que le corté las venas. Se sienta en el asiento del copiloto, y me enseña, entre lágrimas y gritos de histeria, los profundos cortes en sus muñecas. El vigilante se prodiga menos, parece tímido. Se esconde detrás de los árboles, introduce la mano en su cabeza y me muestra su cerebro aplastado.

Deben ser las doce del mediodía. Me acomodo a orillas del lago cuyas aguas cristalinas resplandecen por los rayos del sol y me pongo a recordar tiempos mejores. Aquellos picnics en los que no paraba de reír con mis padres, cuando no había preocupaciones y mi cerebro funcionaba con normalidad. Fui una niña feliz hasta que me dieron la noticia del fallecimiento de *papá* y *mamá* en un accidente de coche. Entré en estado de *shock*, en un estado de locura incontrolable. Los fusibles de mi cerebro se fundieron. Me convertí en un estorbo para mis abuelos, así que, en vez de llevarme a un psicólogo o tener paciencia conmigo, me encerraron en un puto manicomio que destrozó mi vida y acabó de chamuscar mi mente para siempre.

En vez de curarme, me volví loca. Loca de verdad. Mis abuelos murieron y yo seguí en el manicomio. ¿Quién iba a querer a una loca?

—Sandra...

Mis fantasmas me llaman, pero prefiero ignorarlos. Miro al frente y juego con la tierra mientras cuento mi historia.

—Sandra.

Insiste. Al darme la vuelta, no puedo creer a quién están viendo mis ojos. Sonrío tímidamente y juego con un mechón de mi cabello tal y como hacía entonces, cuando venía a verme al manicomio. Él también sonríe, como si hubiéramos abierto una puerta al pasado. Más viejo y más cansado, los años le han hecho perder el poderoso atractivo físico que Peck ejercía sobre mí.

—Mi pequeña...

Acaricia mi cabello y me da un fraternal beso en la mejilla.

—Te he traído un sándwich. Tu preferido.

Se lo arrebato de las manos y lo engullo en cuestión de segundos. En silencio, nos preguntamos qué ha sido de nuestras vidas a lo largo de estos dieciocho años.

—Pam, me prometiste que te portarías bien —me dice con calma, llamándome esta vez por mi auténtico nombre. Hacía mucho tiempo que nadie me llamaba Pam y casi lo había olvidado.

Niego con la cabeza y rompo a llorar. Me abraza fuerte, muy fuerte, y sé que me comprende. John Peck es la única persona en el mundo en la que puedo confiar.

Nadie me esperaba al salir del manicomio. Mis padres muertos eran hijos únicos. A mis abuelos paternos no llegué a conocerlos y los que me encerraron en el manicomio también se habían ido de este mundo. Cuando salí estaba perdida en una gran ciudad con tan solo dieciocho años y Peck se las ingenió para que recibiera toda la herencia de mis padres y la de mis abuelos. Era una joven con mucho dinero y, sin estudios, que entró directamente en la universidad para estudiar publicidad. Obviamente, con otra identidad para borrar rastros de mi internamiento en la institución mental. Para borrar todo mi pasado e inventar la vida que realmente me hubiera gustado haber vivido.

No me fue mal. Mi ingenio y creatividad me ayudaron mucho y me hicieron avanzar con facilidad. Él me dijo: «Pequeña, no hay nada en el mundo que no puedas conseguir. Recuerda siempre lo especial que eres». Esas palabras me hicieron avanzar en la vida, portarme más o menos bien y confiar en mí misma.

—Me he portado bien durante muchos años, John —me lamento—. Yo no soy la mala, te prometo que no soy la mala...

—Lo sé, pequeña, lo sé. Cuéntamelo todo.

Me dispongo a contarle mi historia con toda la tranquilidad de la que soy capaz. Él me escucha atentamente sin juzgar. Le cuento mi obsesión por Josh y cómo lo maté por venganza; asiente y comprende los motivos que me llevaron a acabar con la vida de mi marido y mi mejor amiga. He obviado el atroz crimen contra la inocente hija de Josh y Samantha.

—Y ¿qué me dices de Meredith? Era tan solo una niña inocente.

—No me lo recuerdes. Me duele demasiado, John. No me lo recuerdes. No, no, no...

—Samantha se ha suicidado —me dice—. Dejó una nota en la que decía que al fin se reuniría con su pequeña *Peter Pan* y con Josh, el amor de su vida.

—Lo comprendo —murmuro—. ¿Qué voy a hacer, John?

—Te están buscando, Pam. Mañana cojo un vuelo de vuelta a Malibú y no podré ayudarte demasiado, pero tienes una nueva identidad. A partir de ahora te llamarás Jennifer Geller. También te he traído un tinte de color negro, unas lentillas marrones y gafas de sol. En unas horas tienes un vuelo a Londres y en tu nueva cuenta bancaria he transferido algo de dinero con el que podrás empezar de nuevo.

—Nunca podré agradecerte todo lo que has hecho por mí.

—Mi pequeña... si no hubiera sido por ti, yo estaría muerto. Le diste luz a mi vida. Esperanza.

—¿Cómo has sabido que estaba aquí?

—Siempre que hablabas de tus padres mencionabas el lago Hemlock, así que no ha sido difícil suponerlo. Tenía que intentarlo. Por favor, Pam. Sé buena. Pórtate bien —me advierte con dulzura—. No vuelvas a sacar el Monstruo que llevas dentro, sé que eres buena persona. No quiero volver a jugármela por ti, aunque me temo que nadie va a ir a por un viejo con principios de alzhéimer.

—¡No! John, ¿estás enfermo?

—Y mi corazón anda un poco endeble, pequeña. Esta va a ser la última vez que nos veamos, Pam. Debes prometerme que mantendrás la calma. Que no volverás a las andadas, controlarás tu fuerza y, sobre todo, las horas. Mantén a raya las horas. No las pierdas de vista, céntrate en las horas y no hagas locuras.

—Te lo prometo, John. No le haré daño a nadie, mantendré a raya las horas, controlaré mi mente... Trataré de no volver a inventarme una vida que no existe —repito, con una lucidez que parece sorprenderle—. Nadie más saldrá perjudicado, de verdad.

—Y sobre Tischmann...

Suspiro y bajo la mirada.

—¿Sabías que fue mi mejor ayudante? —Niego con la cabeza—. Claro que no, ¿cómo ibas a saberlo? No me molesta que te acostaras también con él. Sois jóvenes, es algo normal. No te preocupes. Es un buen tipo y estaba loco por ti.

—Lo sé. Yo también estaba loca por él —digo con tristeza, por lo que podría haber sido. Por lo que jamás podrá ser.

PAUL

Martes, 22 de octubre de 2013

Me estoy volviendo loco.

Ni rastro de Sandra, se ha esfumado, ha desaparecido de la faz de la tierra.

La madre de Matthew, angustiada, me llama cada día para saber cómo va la investigación. No tengo respuestas, no sé qué ha podido pasarle a su hijo, pero me temo lo peor. Debe estar muerto, enterrado o en las profundidades de algún lago. Lo estamos buscando a las afueras de Nueva York, aunque insisto en que, tal vez, debamos ir más lejos.

En el apartamento de Sandra encontramos restos de sangre bajo un concienzudo fregado que nuestros ojos no ven, pero que no pueden engañar al reactivo químico de la Fenolftaleína que, mezclado con peróxido de hidrógeno, sí la detecta al adquirir un tono rosado. La sangre de Matthew se mezcló con la de otra víctima, identificada como Joana Spencer, una pintora de cierto prestigio que había recorrido medio mundo y vivido en infinidad de ciudades, por lo que nadie había se había preocupado por su ausencia. Según su madre, nadie sabía nunca en qué lugar del mundo se encontraba Joana.

—Esto ha sido un crimen pasional —comenta Stuart, convencido de sus palabras.

Pienso en todas las veces que penetré a Sandra Levy. En todas las veces que acaricié y besé su cuerpo. En lo improbable que es que la encontremos. Cómo me gustaría saber qué pasó por su cabeza en el momento en el que estaba mirando de frente a sus víctimas. Si pensó, aunque fuera un segundo, en matarme también a mí.

A las 16h llevo a mi viejo amigo John Peck hasta el aeropuerto. Se lamenta de que no tengamos pistas sobre el paradero de Sandra Levy. Lo cierto es que, el día que llegó a Nueva York, esperaba que me ayudase más con este caso. Volver a ser: «Peck y Tischmann», *dos investigadores duros de roer* a los que no se les escapa nada. Iluso de mí... Sin embargo, ha preferido disfrutar del azúcar y de alimentos que Melinda le prohíbe tajantemente en Malibú, e incluso ha alquilado un coche durante estos días para hacer turismo por la ciudad y no tener que depender de nadie.

—Tischmann, cuando hablamos por teléfono, te dije que lo siniestro siempre sale a la luz.

—Lo recuerdo —respondo, sacando su maleta de mi coche.

—Me equivoqué.

—No, Peck. Lo siniestro ha salido a la luz. Sabemos que fue Sandra, la encontraremos y pagará por todos los crímenes que ha cometido.

—No la encontraréis nunca, Tischmann. Nunca.

Peck se aleja sin darme la oportunidad de llevarle la contraria como solía hacer siempre. Perplejo por todo lo que sé que me ha ocultado estos días, veo cómo se mezcla entre la gente y le pierdo de vista.

No, claro que jamás encontraríamos a Sandra Levy. Quizá, ni siquiera se llamaba Sandra, y es probable que, en estos momentos, se encuentre muy lejos de Nueva York con otro nombre. Peck ha vuelto a ayudarla. No me cabe la menor duda, pondría la mano en el fuego. El cómo y el dónde lo desconozco, pero al menos sé el por qué. El viejo inspector, al igual que yo, también está locamente enamorado del Monstruo que habita en el interior de una preciosa y, aparentemente, frágil mujer.

CAPÍTULO 13

JENNIFER

Un año después

William Schardan, el director del estudio de arquitectura en el que trabajo como recepcionista, sale de su despacho y se acerca lentamente hacia mí. Hace días que coqueteamos, son las 20h de un frío y nublado viernes en Londres, y puedo ver en su mirada qué es lo que desea. William me recuerda un poco a mis fantasmas. Jovial y alegre como Matthew; ojos azules e intensos como los de Josh; fuerte y salvaje como Tischmann. Lo veo venir. Le sonrío y juego con un mechón de mi cabello negro.

—¿Nadie te espera en casa, Jen? —pregunta tras el mostrador.

—Me temo que no.

—Quieres...

Minutos más tarde, hacemos el amor sobre la mesa ovalada de la sala de reuniones. Cómo me pone. Y, sin embargo, la risa de una niña traviesa, los gemidos de Matthew unidos a los de Joana y la sangre saliendo a borbotones del cuello de Josh, no me dejan pensar con claridad. Finjo un orgasmo mientras William me penetra con fuerza y, al terminar, me besa. Es un poco baboso, pero no besa del todo mal.

—¿Vamos a cenar? —propone, aún jadeante encima de mí.

—¿Después del postre?

Le guiño un ojo, aliso mi falda de tubo, arreglo mi cabello y salgo del estudio ante la atenta mirada de William.

Respiro hondo y paseo por las nocturnas calles londinenses, tan distintas a las de Nueva York. Aquí siempre hace frío y el cielo se niega a mostrar su intenso color azul. Es deprimente y encantador a la vez.

Me fijo en los desconocidos que cenan en los restaurantes; en las parejas embelesadas y en las luces procedentes de las ventanas de los apartamentos londinenses. Cuántas historias ocultas, cuántas vidas felices o desdichadas tras esas ventanas indiscretas. Cuánta falsedad cuando salen de ella; cuánta razón tenía Nicolás Maquiavelo al decir: «Pocos ven lo que somos, pero todos ven lo que aparentamos.»

Quisiera volver atrás en el tiempo, recuperar las horas que perdí haciendo el mal y poder resucitar a los muertos. Llevar una vida normal, sin ocultar mi nombre, sin esconderme de la autoridad. En Estados Unidos probablemente aún me buscan; aquí en Londres es como si hubiera desaparecido del mapa.

—El cabello negro te queda muy bien —dice una voz masculina detrás de mí, posando su mano sobre mi hombro.

Me sobresalto y miro hacia atrás asustada.

—¡Paul! —exclamo, con la intención de salir corriendo.

—Tranquila, Sandra. ¿Sandra? —ríe.

—Jen. Pam, llámame Pam. ¿Has venido a buscarme?

Podría soportarlo. Podría, claro que sí. Pasé seis años en un manicomio, podría pasar el resto de mi vida en prisión. Lo merezco y pagaré por ello.

—En cierto modo.

—¿Cómo? No entiendo, Paul.

—¿Vamos a tomar una copa?

—¿Quieres ir a tomar una copa con una maldita asesina?

—Pam... —Su aspecto ha mejorado desde la última vez que lo vi. Parece que los fantasmas y sus tragedias personales le han abandonado un poco, y en su mirada descubro un brillo especial que antes no veía—. Sandra, no puedo llamarte de otra forma, lo siento. Sí, quiero ir a tomar una copa contigo.

Caminamos en silencio hasta llegar a un pub irlandés que vemos abierto. Reprimo mis ganas de huir pero, por otro lado, es agradable volver a verlo. Volver a estar con él. Nos sentamos en un par de taburetes frente a la barra. Él pide whisky y yo un *Bloody Mary* para no perder la costumbre. Me mira fijamente a los ojos y algo me dice que no ha viajado hasta Londres para retenerme.

—John Peck me lo contó todo antes de morir.

—¿Qué? ¿John está muerto? —pregunto consternada.

Una lágrima recorre mi mejilla, no la puedo controlar.

—Vaya, el Monstruo tiene sentimientos —dice frunciendo el ceño, mientras retira con un dedo la lágrima que recorre mi mejilla a su antojo—. Le dio un infarto hace dos meses. Lo siento. Si te tranquiliza, te diré que fue lo mejor. El Alzheimer estaba avanzando, hubiera sufrido mucho.

Aun así duele. Duele mucho. Es como volver a perder a un padre.

—Han encontrado los cadáveres de Matthew y Joana enterrados en el lago Hemlock, supongo que lo sabes —continua explicándome, sereno e implacable.

—No veo las noticias.

—Se ha llevado con discreción, la noticia no ha saltado a los medios y tú... te ves diferente con este color de cabello y los ojos oscuros —suspira.

Vacila durante unos segundos y le da un trago a su whisky.

—Descubrieron el coche abandonado y desenterraron los cuerpos. Me mentiste, Sandra.

—Lo siento.

Vuelve a beber y, por un momento, no es capaz de mirarme.

—John me dijo que tienes una fuerza sobrehumana. Da un poco de miedo, ¿sabes? A cuántos... ¿A cuántas personas has matado? —quiere saber.

—Directamente a ocho, si no me equivoco. Indirectamente a dos. Charlotte y Samantha han sido daños colaterales.

—¿Ocho? No me salen las cuentas.

—Dos tíos intentaron abusar de mí cuando salí de tu apartamento, el día que desaparecí. Así que me los cargué.

—Pensamos que fue un ajuste de cuentas —dice Tischmann pensativo.

—Paul, estoy bien. Tengo una vida normal, mantengo las horas a raya y no le he hecho daño a nadie. Te lo prometo.

—¿Qué significan las horas, Sandra? ¿Qué significa mantener las horas a raya?

—Con John decíamos —suspiro y un nudo en la garganta se apodera de mí al recordar a John y pensar en su muerte—, que debía mantener a raya las horas para poder controlar mi mente. Sí, es cierto que mi mente está enferma y posiblemente lo esté durante toda mi vida, pero si me centro en las horas y llevo una rutina estricta, puedo ser una persona normal. Un Monstruo se apoderó de mi cabeza cuando me enteré que mis padres habían muerto. El manicomio me enloqueció aún más. Sufro terribles visiones que son causa de la culpabilidad que la parte buena de mí siente. Veo fantasmas y, a menudo, no distingo lo que es real de lo que no lo es. Imagino y vivo situaciones que realmente no ocurren. Y, mientras tanto, esas horas perdidas son aquellas en las que he dejado que el monstruo se saliera con la suya.

—Dices que tu mente está enferma y que, posiblemente, lo estará toda la vida. Por lo tanto, eres peligrosa, Sandra.

Ahora soy yo la que no puede mirarlo fijamente a los ojos. Me distraigo con mi *Bloody Mary* y con el cóctel que prepara el camarero tras la barra.

—Lo mejor será que me encierres, Tischmann —acepto—. No seas cómplice como John. Si cometo algún asesinato más, ya sea por venganza, por obsesión, por imaginar situaciones irreales o porque no puedo controlar al Monstruo y a las horas, te sentirás culpable durante toda tu vida.

—Sandra, ¿sabes qué? No creo en los Monstruos. ¿Recuerdas la moraleja que te conté?

Hago memoria y, ganando al nudo en la garganta que crece en mi interior, recito:

—Un viejo indio estaba hablando con su nieto y le decía: «Me siento como si tuviera dos lobos peleando en mi corazón. Uno de los dos es un lobo furioso, violento y vengativo. El otro está lleno de amor y compasión.» Y el nieto preguntó: «Abuelo, ¿dime cuál de los dos lobos ganará la pelea en tu corazón?» Para finalizar, el abuelo le contestó: «Aquel que yo alimente.»

—Exacto, Sandra. Para eso estoy aquí, contigo. Para que dejes de alimentar al lobo y solo quede de ti la parte buena que John sabía que tenías. Y que yo sé que tienes.

Sonríe y, cuando estoy a punto de besarle en la boca, el camarero nos interrumpe con una mueca burlona.

—Señorita, ¿espera a alguien? El hielo se ha deshecho, ese whisky ya no vale nada.

La butaca que hay a mi lado está vacía. Miro a mi alrededor buscando a Paul, pero no está. Lo único que veo son miradas curiosas y burlonas de desconocidos dirigidas hacia mí. Hacia la chalada que ha estado hablando sola durante un buen rato viviendo algo que, en realidad, no existía.

Esas miradas me acechan, me interrogan, me acosan. Mi mente me ha vuelto a engañar. Miro el reloj, le ruego que no me vuelva a abandonar.

Pago la cuenta y salgo avergonzada del pub a las 21:30h. De eso se trata, de mantener las horas a raya. Eso es. De mantener al Monstruo escondido.

En el mismo momento en el que introduzco la llave en la puerta principal del edificio en el que vivo, una corriente de aire me produce un desagradable escalofrío en la espalda. Al darme la vuelta, veo dos sombras en la acera de enfrente. Están en medio de dos árboles y, aunque no veo sus rostros, sé que me están mirando. Una silueta es más alta y corpulenta que la otra y, poco a poco, cobran nitidez hasta que puedo distinguir sus rostros: John Peck y Paul Tischmann me sonríen. Sus miradas desprenden cariño y comprensión; la paz en sus rostros quieren decirme que todo irá bien.

—Seré una buena chica —les prometo—. Me portaré bien.

Asienten y desaparecen.

Cuando entro en mi apartamento siento que algo ha cambiado. El Monstruo que me ha acompañado durante todos estos años se ha evaporado junto a todos mis fantasmas. Las horas perdidas dejan de existir y, por primera vez en mucho tiempo, soy capaz de conciliar el sueño sin pesadillas que atormenten a una mente enferma que no cree merecer la oportunidad que se le ha otorgado.

> Aquel que no castiga la maldad,
> ordena que se haga.
>
> *Leonardo da Vinci*

CPSIA information can be obtained
at www.ICGtesting.com
Printed in the USA
LVHW040429010420
651860LV00004B/835